講談社文庫

新装版

抜討ち半九郎

池波正太郎

講談社

目次

新装版　抜討ち半九郎

女と奸臣《かんしん》に滅ぶ沼田城

武将と女体

上州（群馬県）沼田の地は、かの〔倭名類聚抄《わみょうるいじゅしょう》〕にも、その地名が記されているし、約一千年の昔からの歴史をもっていると見てよい。

西北は三国山脈にかこまれ、東北は日光山脈の一部をもって東北方面と区切られている。

だから、信州・越後・東北と関東をむすぶ要衝《ようしょう》の地だ。

日本における古来からの戦争の歴史――それがいわゆる戦国時代に及んだとき、〔沼田〕の地は、にわかにクローズアップされてきたようだ。

このとき沼田を支配していた武将を、沼田万鬼《ばんき》斎《さい》顕泰《あきやす》という。

沼田万鬼斎――ちょいと、おそろしい名だ。

事実、戦国武将として、当時は非常に頭角をあらわしていたほどの豪勇無双な男だったようである。

〔沼田〕という有利な地をつかんでいるだけに、万鬼斎は、群雄割拠《ぐんゆうかっきょ》して天下の風雲をのぞみ、しのぎを削って闘い合っている他の戦国武将の中でも、ひときわ目立つ〈ホープ〉であったと言ってよい。

沼田氏は、鎌倉時代前後から〔沼田〕の地に拠《よ》って勢力を拡大し、万鬼斎の代になってからは、薄根《うすね》川と利根川の合流地点の台上に城をきずき、これを〔蔵内城《くらうち》〕と称した。

現在の沼田城跡の一部がそれである。

いま行って見ても、山岳に囲まれ、崖下に薄根川の流れを見下し、展望はひろく近辺の土豪や武将たちが目の色を変えて、これを手中につかみとろうとしたことがうなずける。

沼田万鬼斎が、蔵内城を完成したのが天文《てんぶん》元年であるから、彼は三十四歳であった。

「これからのおれは、沼田のみに甘んじてはおらぬぞ。今に見よ!!」

万鬼斎は心に叫んだことであろう。

そのころ、京都では皇室の力も、足利幕府の力もおとろえ、応仁の乱の余波をひいて守護大名たちの権力争いが飽《あ》くことなく続いていたし、その隙《すき》に乗じ、いままでは守護大名に制せられていた諸国の土豪、または守護大名の家来たちが、ぐんぐんと地方における勢力を伸張させつつあったときだ。

万鬼斎もその一人で、それから十数年の間にわたり、沼田を中心にした上州一帯に、彼の勢力は、くまなく行きわたるようになった。

甲斐《かい》には武田。越後には上杉——関東には北条……それに尾張には新興勢力の織田氏などが、ぐんぐんと擡頭し、いずれも京へ上って天下の覇権《はけん》をつかみとろうとしている。

「負けるものか!!」

と、万鬼斎は自信まんまんであった。

事実、それだけの力量も政治力もあったらしい。

あの妖しい肉の魅惑に、万鬼斎が引きずりこまれなければ、史書は今も沼田一族の名をもう少し派手やかに記したと思われる。

「ゆのみ」と、万鬼斎自身が名づけた女の肉体の魔力に、彼は負けた。

まことに女性の魔力こそは、古今を問わずにおそるべきものがある。女を「ゆのみ」と名づけたのには理由がある。

天文八年の初冬のことだが、万鬼斎は、東小川の温泉へ休養に出かけた。現在の群馬県利根郡片品《かたしな》村の白根温泉である。

このあたりの土豪といっても、一種のボスであり、むろん沼田万鬼斎に屈従している男で、金子新左衛門というのがいて、これが、万鬼斎の世話をやいた。

新左衛門に妹が一人いる。名は不明だが、この娘が、万鬼斎が丸太造りの浴舎へ入るときには必ずやって来て、体を洗ってくれる。

十七になったばかりだというが、当時には珍らしい肉体の所有者で、背は五尺三寸もあり、顔も野性味をおびて美しく、大変なグラマアであったらしい。

この女が、腰のもの一枚をまとっただけで、体を洗ってくれたり、マッサージをしてくれたりするのだから、万鬼斎の手がのびないというのがどうかしている。

「そちの名を、わしは、ゆのみと名づけよう」

などと、柄にもないロマンティックな台詞《せりふ》を吐いて、万鬼斎が六尺ゆたかなたくましい胸に、彼女を抱きしめ、四十余歳のあぶらぎった愛撫《あいぶ》をもの狂おしげにあたえたのも無理はないところか……。

万鬼斎が白根の湯を引きあげるに当り、ゆのみが、万鬼斎の側室として、沼田へ連れて行かれたことは言うまでもない。よろこんだのは、ゆのみの兄、新左衛門である。

新左衛門は、たちまちに万鬼斎から登用された。金子美濃守《みののかみ》という立派な名も貰った。そして沼田軍の部将の一人になった。

そのつもりで妹を伽《とぎ》に出したのだから、金子兄妹の計画はツボにはまったわけだ。

間もなく、これも計画通りに、ゆのみは万鬼斎の子を生んだ。

これが、沼田平八郎景義《かげよし》である。

こうなると、ゆのみの勢力も、正室の阿牧《おまき》夫人におとらぬものとなったし、金子美濃守も同様に、万鬼斎側室の重臣としての座をしめるに至った。

（こうなったからには……よし!! いっそ、思い切って——）

金子美濃守の野心も、出世の階段を踏みのぼるにつれ、途方もなくふくらんできた。

陰謀の一

沼田万鬼斎は、正室の阿牧との間に三男一女があったという。

長男憲泰と次男綱泰は早逝しているので、万鬼斎の後をつぐものは、当然、三男の弥七郎朝憲《とものり》ということになっていた。

ところが――はからずも、万鬼斎は中年になって側室ゆのみに、平八郎景義という男子を生ませた。

ゆのみの兄、金子美濃守は、この平八郎をもって沼田家の後嗣とし、自分は補佐の家老として、どこまでも権力を伸張させて行こうというつもりになったわけである。

いや、それのみではない。

「いざとなれば……」

と、美濃守は腹心の大場清九郎というものにもらした。

「いざとなれば、平八は、わしが殺す。そうなれば、わしが沼田の城主。お前は家老……ということになる」

大場にはもらしたが、金子美濃守は決して妹の、ゆのみには、この陰謀をもらさなかった。

「お前も上様の思いものとなり、平八郎という男子を生んだからには、ぜひも我子を沼田の後つぎにしたいと考えておろう。どうじゃ?」

「それは、もう……」

当然のことだ。ゆのみは、兄の助力を得て、どうしても我子の平八郎を……という気になるのも母親として無理はないところか……。

沼田万鬼斎が、三男の弥七郎に家をゆずり、側室ゆのみと平八郎をともない、薄根川と溝又川の合流地点にある川場の地へ隠居したのは、永禄九年の秋であった。

このとき、万鬼斎は六十八歳である。ゆのみを側室としてから二十七年もたっている。

平八郎は、もう二十六歳になっていた。

このときまだ金子美濃守は、じっと辛抱をしていたらしい。

むしろ、新らしい主人となった弥七郎朝憲にも、たくみに取入っていたし、その一方では、着々と家臣たちの人望をあつめ地盤をかためつつあったのだ。

そうしておいて、川場にいるゆのみだけには、ひそかに連絡をたもち、弥七郎を退けて、川場にいる平八郎を迎えるべく、準備をおこたらない。

けれども、かんじんの平八郎は、あくまでも異母兄の弥七郎に心服していて、沼田の家を乗取ろうなどという野心は少しもなかったようである。

〔加沢記〕に——平八郎殿十四歳の御時、川場の郷、吉祥寺へ御手習いのため、登山ましましてけり。八郎殿、器量《きりよう》世にきこえ、大兵にてましましけるによりて、十五歳にて元服し給い……とある。

万鬼斎も、中年になってもうけた末の子だけに、「八郎よ、八郎よ——」と目に入れても痛くない可愛いがり方をしたし、平八郎もまた、のびのびと、川場の館に暮し、文武の道にいそしむという日常に満足しきっていたのだ。

ところで——沼田家には、和田掃部介《かもんのすけ》という重臣がいて、これが金子美濃守にとっては只《ただ》ひとつの邪魔ものになっていた。

掃部介は、成り上りものの金子美濃守の一挙一動に心をゆるさなかった。抱き込もうとしたが駄目だ、乗ってこない。

(よし!! それならば……)

金子は、たくみに工作をして、城主・沼田弥七郎の奥方である御曲輪《おくるわ》の御前《ごぜん》と和田掃部介が、ひそかに情を通じているというデマを、先ず、川場の万鬼斎にとばしたのである。

これは、ゆのみとの共同作戦によって、たくみに行われたので、万鬼斎もこれを信じてしまい、ひそかに沼田の弥七郎へ密使を送り、

「両人とも成敗《せいばい》せよ!!」と申しわたした。

弥七郎も寝耳に水である。

早速に、奥方を呼びよせて詰問《きつもん》した。

「身におぼえのなきことでござります。この場へ掃部介をお呼びなされ、わたくしとの相対《あいたい》吟味をなされたがよろしゅうござりましょう」

奥方は堂々と言い張る。

「さもあろう」

一眼見て、弥七郎はなっとくした。馬鹿でないかぎり、自分の妻のことだ。わからぬ筈《はず》がない。

「よし。すぐに川場の父上へ、この由を……」

そう言っているうち、すでに掃部介は、万鬼斎から「川場の館へまいれ」との命を受けていたのである。

これも、金子兄妹にそそのかされたためだ。

七十に近くなって、さすがの万鬼斎も、もうろくしてしまったらしい。

川場の館では、数十名の武装した士卒が、掃部介を待ちかまえていた。掃部介が出仕して来たら、有無を言わさずに首をはねてしまおうというわけだ。

呼出しの命をうけたとき、掃部介は苦笑した。苦笑の中に哀《かな》しさがある。

(みすみす死んでもつまらぬわい。大殿《おおとの》(万鬼斎)が、あのように金子兄妹にろうらくされてしまわれては、沼田の家も終りじゃ。かと言うて、わし一人の力では、金子

美濃守の勢力を打ち破ることもむずかしい）

あっさりとした男だったらしい。

「すぐさま、出仕つかまつる」と、万鬼斎からの使者には答えておき、従者も連れず只一人で城を出ると、そのまま、川場へは向わずに、何処かへ消えてしまった。

和田掃部介は、後年になって高野山《こうやさん》の僧として一生を終えたという。まだ年齢も若かったらしい。こんな状態だから、金子美濃守は、それまでに、かなり万鬼斎の耳へあることないことを吹きこんでいたらしい。

掃部介がいなくなったので、

（今こそ!!　機をのがしてはならぬ）

ゆのみとも力を合せ、いよいよ、弥七郎朝憲の悪口を万鬼斎に言いはじめた。

「弥七郎様は、おそれながら、平八郎様を亡きものにせんと、ひそかにたくらみを……」

「何と申す!!」

「武勇にすぐれた平八郎様に、城を乗取られるやも知れぬとお考え遊ばしておるようでございます」

「何!!　ふらちな奴。わしが、人道を重んじ、可愛い八郎にも家を渡さず、弥七郎にゆずり渡した心も知らいで、何という考えを……」と、万鬼斎も烈火のようになる。

「こうなりましては、もはや生きてはおられませぬ。大殿さま、わたくしたちは、いかが相なりますのか？」と、ゆのみも声をふるわせる。四十をこえたゆのみだが、豊満な肉体の魔力はおとろえず、万鬼斎の溺愛にまかせるままだ。

「憎い奴!!」

万鬼斎は、ついに金子兄妹の陰謀に乗りかかってしまった。

沼田弥七郎が、永禄十二年の正月に恒例の年賀のため、川場にいる父の万鬼斎のもとへ出向いたところを、万鬼斎の侍臣二十数名が、居館内の大廊下で弥七郎を囲み、ついに斬殺してしまった。

ようやく逃げ帰った弥七郎の供の者の知らせで、その最後の模様を知った城内の人々は、騒然となった。

「大殿が、上様を手にかけられた!!」

「これは、きっと、あの毒婦（ゆのみのこと）のために、大殿の目もくらんだと見ゆる」

「このままには捨ておけぬわ!!」

城内では、重臣たちも殺気だってきた。

金子美濃守も一緒になって、

「これは何ということを……おそろしいことじゃ。まったくもって、考えも及ばぬことが出来《しゆつたい》したものじゃ」などと、おどろいて見せた。

弥七郎さえ殺してしまえば、あとは問題なく甥の平八郎を当主にすることが出来る――そう考えていた金子も、意外に重臣達の結束が固く、しかも弥七郎夫人の曲輪御前を守り、ゆのみはおろか万鬼斎や平八郎までも只ではすまさぬという形勢になったので、（これはいかぬ）と内心ではびくびくしていた。

金子美濃守の計画に、もう一つ足りないところがあったわけだ。

骨肉の闘争

美濃守は、自分の陰謀に乗って殺した主君・弥七郎朝憲夫人の実家のことを念頭におかなかった。いや、考えてはいたのだろうが、まさか、これほどの意気込みで、

「根も葉もなき事を言いたてて、弥七郎殿を殺害するとはもってのほか、たとえ、万鬼斎殿といえども許してはおけぬ!!」と、弥七郎夫人の実父・北条《きたじよう》弥五郎が乗出して

来るとは、美濃守は思っていなかったらしい。

弥七郎夫人・曲輪御前は、上州・前橋の城主・北条弥五郎宗頼の娘である。

娘からの急使をうけた北条弥五郎は、すぐさま四百数十騎を引きつれ、沼田の蔵内城へ駆けつけて来た。

前橋と沼田の距離は、きわめて近い。

曲輪御前の使者が沼田から前橋へ行き、北条方が沼田へ押し出して来る間に、金子美濃守は、策をめぐらすヒマもなかった。

「すぐさま、川場へ向い、故弥七郎殿の、とむらい合戦をいたす‼」

北条弥五郎は、沼田の重臣たちに向って、こう叫んだ。

もちろん、沼田城内にも、万鬼斎派と弥七郎派が別れていて反目し合っていたところだ。

北条弥五郎の言葉に、沼田方が全部従ったわけではないが、

「よろしい。すぐさま陣ぶれをつかまつる」

弥七郎派の重臣である下沼田豊前・発知《ほっち》刑部・岡谷平内——それに近くの名胡桃《なくるみ》の城主で沼田家に従属している鈴木主水《もんど》も馳せつけてきて、川場の万鬼斎館を襲撃する軍勢は、合せて千余人となった。

こうなると、万鬼斎派の重臣の中でも、急に北条弥五郎へ同意するものも出て来て、たちまちに二千余騎が武装をととのえ、沼田を出発した。

「それがしは急病にて、……」

こう言って金子美濃守は屋敷へ閉じこもってしまった。

さすがに、川場攻めの軍勢へは加わる気になれなかったのだろうが、

(こうなれば、仕方がない。万鬼斎も平八郎も、また妹ゆのみも……とうてい助かるまい。よし。わしは、わしで出直すのじゃ。そして、きっと、この沼田の城を我手につかみとってくれるぞ!!)

野心は決して捨てなかった。

金子美濃守の予知したごとく、烈風と吹雪の中で、万鬼斎は平八郎と共に沼田・北条の攻撃軍を迎えうったが、何しろ二百に満たぬ手兵では、とうてい勝味はない。

「退くな!! 退くな――」

平八郎は、その巨軀《きょく》を縦横に馳せ、太刀をふるって力戦した。

平八郎の凄まじい働きに、攻撃軍は二日ほど愛宕山のあたりに退いて形勢を見たといわれている。

平八郎は何も知らなかった。

純心な彼の耳へは、万鬼斎・ゆのみの両親が語る言葉しか入ってはこない。弥七郎が川場の館で殺されたときも、

「弥七郎は、罪もないそちを殺し、その上に、余の命までも狙うていたのじゃ」と言う老いたる父・万鬼斎のうらめしげな言葉を、そのまま信じ切っていたのである。

「兄上も、あまりといえば……」

そこへ、沼田・北条の攻撃だ。

「やはり、そうであったのか――」と、平八郎が激怒したのも、うなずけよう。

かくて――平八郎の力戦もむなしく、ついに正月九日の夜に川場の居館に自ら火をかけた万鬼斎は、二十名の侍臣にかこまれ、愛妾ゆのみと平八郎をともない、川場を脱出した。

万鬼斎は、先ず会津の芦名《あしな》盛氏《もりうじ》を頼り、それから越後へ向い、上杉謙信のもとへ行くつもりであった。芦名氏とは祖先の三浦氏からの別れで、親交も浅くなかったし、上杉謙信とは同盟の間柄であったからだ。

吹雪は止まなかった。

沼田勢の追撃も止まなかった。

栗生峠から針山を越え、会津へ急ぐ万鬼斎一行は、何度も追手に取り巻かれ、闘い

つつ脱出し、また追いかけられるという悲運に直面した。

この悲惨な脱出行の途中で、ゆのみが死んだ。矢傷を受けていた上に、吹雪の中の山越えに、体力も気力も消耗しつくしてしまったのであろう。何しろ、万鬼斎でさえ、平八郎の肩に背負われ、やっと会津の芦名の城へころげこんだときには、息も絶え絶えというありさまで、間もなく、芦名の館で死んでしまったほどだ。

ゆのみの歿年は四十七歳。沼田万鬼斎は七十一歳であった。

これから、沼田平八郎の流浪が始まる。

平八郎出現

こうして、沼田の蔵内城の城主は、絶えてしまった。

金子美濃守は「こうなっては仕方がない。平八郎を迎えては如何?」と、重臣一同に計り、策をめぐらして一同を説き伏せようとかかった。しかし、この沼田の内乱を知った越後の上杉謙信は、すぐに急使をよこし、

「みだりに騒がず、当分は重臣たちの合議によって城を守るように」と言ってよこし

た。

弥七郎も死に、万鬼斎も死んだとなると、同盟中の上杉謙信の力に屈服せざるを得ないことになったわけだ。それに、上杉謙信という大将は、陰謀をたくましくして沼田を乗取ろうなどとは思っていない。謙信には、ひとえに京へ上って天下に号令したいという野望あるのみである。重臣一同、上杉の指揮に入ることに決めた。

（これはいかぬ）

金子美濃守も、あきらめた。とうてい、上杉軍に刃向えるものではない。

こういうわけで、雪どけの頃になると、上杉謙信は、柴田右衛門尉というものを沼田の城代として差し向けてきたのである。

こうして、沼田の地は再び新しい時代を迎えることになった。

前にのべたように、沼田は要衝の地である。

上杉謙信と武田信玄は、周知のごとく、上州・信州の地に於て互いにゆずらず、戦いをくり返した。そして、関東（小田原）には武田氏と同盟している北条氏がいる。

この三大勢力の争いに巻きこまれ、沼田は、上杉から北条へ——そして武田氏の支配下へとおかれるようになる。

というのは……武田信玄や上杉謙信が歿したあと、信州の地へ頭角をめきめきとあらわしてきた真田《さなだ》氏の勢力に抗し切れなかったためだ。

真田氏は、信玄亡きのちの武田の当主となった武田勝頼に従っている。

だから、勝頼は、真田氏をもって沼田を支配させたのだ。

それまでは、北条氏が沼田を支配していた。武田氏は真田軍をもって北条の勢力を沼田から追い払ったのである。

ということは……前に手をむすび合っていた北条と武田両氏は、そのころ同盟を捨てて相争うようになってしまったからだ。

弱肉強食の戦国時代のめまぐるしさは、いちいち書いて行くだけでもシンが疲れてくるほどだ。

けれども、こうして何度も沼田の地を支配する大名が替わる中にあって、金子美濃守は相変らず、沼田の城にあり沼田氏の遺臣として重んじられていた。よほど、立ちまわるのがうまかった男なのであろう。

それだけにスケールも小さかったらしい。

(今に沼田の城主となって見せてやるぞよ!!)

と意気込んでいた金子美濃守の野望は達成の日を迎えることがなく、真田昌幸《まさゆき》が武田氏の城代として沼田へ乗込んできたときは、

（わしも、もう老人じゃ。なるべくうまく立ちまわって、手に入るものは手に入れ、あまり危いまねはすまい）

美濃守も、こんな風に考えるようになってきていた。

かくて、天正九年の年を迎える。

沼田万鬼斎が死んでから、十二年目だ。

このとき、忽然《こつぜん》として、沼田平八郎があらわれた。

平八郎は、そのとき四十一歳になっている。

しかも三千余の軍勢をひきいて沼田の城を奪い返しに来たのだ。

十二年前に、会津で父の万鬼斎を失った平八郎は、それから、ひそかに上州へ戻り、東上州の女淵《おなぶち》（現在の群馬県・勢多郡粕川村）に潜《ひそ》み、金山《かなやま》の城主・由良国繁《ゆらくにしげ》の一族である矢羽《やばね》助信にかくまわれ、助信の娘（名は不明）を妻にして、時を待った。

平八郎は、どこまでも、沼田弥七郎派の重臣たちによって沼田の城を奪いとられたと思っている。

（わしは、必ずや沼田の城をとり返し、亡き父上の前に手向けよう!!）と、平八郎は決意していた。

こうして天正八年の秋になったとき、織田信長からの密使が由良国繁のもとへ来た。

信長は、信玄以来もっとも邪魔な武田の勢力を何とかして叩きつぶそうとしている。由良氏をもって、上州における武田の勢力を殺《そ》ごうとしたわけだ。

何しろ、そのころの織田信長の威風は大変なものになってきている。十二年前には、むしろ武田信玄に押えられていた形なのだが、今の信長は、もっとも京に近い美濃・近江《おうみ》一帯を手中におさめ、三河・遠江《とおとうみ》に着々と勢力を伸張させつつある徳川家康をも傘下《さんか》に引き入れ、皇室の信頼も厚い。

(いよいよ、信長の天下じゃ!!)という声が次第に高まりつつある。由良氏が織田信長と通じたのも、無理はあるまい。

ここに於て、由良国繁は、沼田平八郎をもって沼田城(すでに蔵内城の名称は廃されていた)を奪回させることにした。

「今こそ!!」

平八郎が勇み立ったのは言うをまたない。

天正九年三月一日――平八郎は、二千余騎をしたがえて、由良の城を出発した。

三月四日に、南越生瀬《なごうぜ》に陣を張るころには、旧沼田の遺臣たちも、このことを聞きつけて続々と集まり、三千余の軍勢となった。

「小癪《こしやく》なり、平八郎め!!」

沼田城にあった猛将・真田昌幸もすぐに陣ぶれを行った。

両軍、闘い合ったが、平八郎が意外に手強い。

ことに平八郎が陣をかまえる阿曾の地は、赤城山の裾《すそ》にある断崖の上にあり、沼田城を見下す位置にあって、まことに攻めにくい。

その上、沼田一帯の民百姓は、旧主の沼田氏の遺子・平八郎の挙兵ときいて、一斉に真田方へ背を向けはじめ、兵糧などを、せっせと阿曾へ輸送したりしている。

(こりゃ、いかぬな)

真田昌幸という武将は戦さにも強いが、頭もきれる。

決して無謀な戦いをやらない。

「金子美濃守を呼べ」と、昌幸が言った。

沼田城内三の丸の屋敷から、金子美濃守が本丸の真田昌幸のもとへ出向くと、

「美濃殿。平八郎が攻めて来たことは存じおりましょうな」と昌幸が、にこにこしながら言う。

「は——」

「平八郎は、あなたの甥御どのと聞くが……」

「いかにも……」

「それと知って、このようなことを持ちかける、この昌幸の非礼を許されい」などと神妙な顔つきになった真田昌幸が切り出したことは、「平八郎を討つには、美濃殿の智謀に頼るより途《みち》がない。あなたが平八郎の首をとってくるなれば、利根川の西方、千貫文に価いする土地を与えましょう」というのである。

昌幸は証文も書いた。

武田勝頼の朱印がある証文である。

これを見たとき、老いた金子美濃守の欲望は、ふたたび燃え出したのだ。

人間というものは——若いころに堕落し、老いてから立派になるものもあり、若いころは立派で老人になってから堕落するものもある。金子美濃守という男は初めから終りまで堕落のしつづけという奴であったらしい。

「よろしゅうござる」

証文をいただき、自分の実の妹が生んだ平八郎を騙《だま》し討ちにすることを承知してしまったのだ。

「して——その策は……」と、美濃守が訊くと、昌幸は、にんまりとして、

「先ずきかれい」と、策をさずけた。

陰謀の二

三月十一日の早朝であった。

阿曾の陣にいる沼田平八郎のもとへ、金子美濃守が、わずか十数名の侍臣を従えたのみでやって来た。むろん平服のままである。

「平八郎。久しぶりじゃったなあ……」

美濃守は、甥を見て声をつまらせた。

平八郎も、なつかしげに伯父を迎え、

「永年にわたり、沼田の城におらるること、大変なことでありましたろう」と、ねぎらった。

平八郎は美濃守を、あくまでも自分の味方だと思っている。母のゆのみや父の万鬼斎から聞いている美濃守の映像だけが、鮮明に平八郎の印象に残っているからだ。

「うむ――わしは、そなたのあらわれるのを、今か今かと待っておったのじゃよ」

「よう来て下さいましたな。明日は沼田の城へ攻めよせまする。必ずや城をうばい返してごらんに入れましょう」

「待て!!　平八郎——沼田城を守る真田昌幸は剛勇無比の大将じゃ」

「何の——恐れるところではありませぬ」

「いや、待て——実はな、真田殿が申されるには、この上、無用の血を流したくはない。もともと沼田城は平八郎殿が入るべきものゆえ、明けわたしてもよいと……」

「真田が……？」

「おうよ。さすがの昌幸殿もな、そなたの凄まじい働きぶりに舌を巻かれておる。この上、損傷をうけるのはごめんじゃと申されてな」

「ふむ……」

「これが、起請文《きしょうもん》じゃ」

伯父が出した真田昌幸の起請文を見る平八郎に、美濃守は、さめざめと涙を流し、

「よかったのう、平八郎——わしは、もう何時死んでもよい」と言った。

起請文には昌幸の血判がおしてある。

「よろしゅうございます」

平八郎は、うなずいた。

余りにも甘いと言えようが、それもこれも、伯父を信頼し切っていたからであろう

し、平八郎の心が純白すぎたのであろう。

戦国の世に、純白の色はきれいすぎて、すぐに汚点をこうむることになる。

三月十五日——。

町田の観音堂前の草原へ、沼田平八郎は二百騎の武装の兵を従えてあらわれた。

沼田城からも、金子美濃守が、真田昌幸を案内し、約三百の武装の兵と共にあらわれる。

ここで、昌幸が、

「では、約定《やくじょう》によって——」と平八郎へ会釈をし自ら武装を解き、平服となった。

つづいて真田勢三百も、いっせいに武装を解く。これを見て、平八郎も一度に安心をしてしまった。

平八郎方も、みな武装を解いた。

「では、これより、沼田城をお返しつかまつる。いざ——」

真田昌幸は馬にまたがり、平八郎を先導した。やがて城門にかかる。門は開かれてい、その門の内に、重臣らしい武将が、これも平服で出迎えている。これは山名弥惣といって、沼田の遺臣であった。山名は、平八郎と同年配で、少年のころには、よく平八郎の遊び相手をつとめた者である。

「おお。弥惣か——久しいのう」

なつかしげに、平八郎が門内へ進み入った。

「ははッ——」

山名弥惣は、ふかぶかと頭をたれ、馬からおりた平八郎の前へ進み膝《ひざ》まずくかと見えたが、

「ええい!!」

いきなり、一尺八寸の脇差《わきざし》を抜いて、平八郎の腹を刺した。

「あっ!!」

同時に城門が閉まり、後から来る平八郎の家来二百余名を遮断《しゃだん》してしまった。

「おのれ!! 計ったな」

平八郎が苦痛に顔をゆがめつつ、太刀を抜き放つ背後から、金子美濃守が三尺の大刀をもって突き刺したという。

実の甥の肉体へ刃を刺した金子美濃守なのであった。

城門の外の平八郎の家来は、隠れていた数百の真田勢の襲撃によって全滅した。

こうして、沼田平八郎の沼田城奪回の夢は消えた。

平八郎景義の歿年四十一歳である。

その後——金子美濃守が真田昌幸との約束通りに、千貫文の地をあたえられたかというと、そうではない。真田昌幸は、沼田氏没落の後も上杉・武田・北条と三代もつづいた沼田の支配者に従って来た金子美濃守の性格を見抜いてしまっていた。

金子美濃守は沼田を追放された。

彼は、昔の縁者である一場太郎左衛門というもののの家へ、ようやく身を寄せ、吾妻《あがつま》の山中に病死したという。

間諜——蜂谷与助

蜂谷与助《はちやよすけ》が、大谷吉継《よしつぐ》の臣となったのは天正十三年（一五八五年）の夏である。

この年――吉継は、豊臣秀吉から越前・敦賀《つるが》の城主として五万石をあたえられ、従五位下・刑部少輔《ぎょうぶしょうゆう》に叙任《じょにん》したばかりであった。

それまで、大谷吉継は秀吉の小姓から立身をし、諸方の代官をつとめたりしていたのだが、このとき、はじめて所領をあたえられ、一城の主《あるじ》となったのだ。

そのころ、五万石の大谷の場合、軍役から見ると、次のような家臣の編成が必要となる。

騎士　百名
歩士　百五十名
足軽　約千名

小者　七百名

こういうわけで、大谷吉継は至急に家来を採用しなければならなかった。

のちに、吉継の股肱《ここう》の臣となった湯浅《ゆあさ》五助なども、このときに召抱えられたもので、五助はそれまで放浪の牢人《ろうにん》であった。

一芸にすぐれたものは、たちまち召抱えられる、といっても、無論、採用には厳重な警戒を必要とした。

信頼出来る人の請書《うけしよ》か、推挙《すいきよ》がなくてはならない。

湯浅五助などは、どういう経路で採用されたのか不明だが、蜂谷与助を推挙したのは、美濃《みの》・軽海《かるみ》の城主（六万石）一柳《ひとつやなぎ》伊豆守直末《なおすえ》であった。

一柳直末は、後に小田原戦役の折、戦死をしたが、秀吉の生えぬきの家人《けにん》であり、武勇もすぐれている上に茶の湯もたしなむという、誰が見ても立派な武将である。

蜂谷与助は、すぐに採用された。

ときに与助は二十八歳。

一柳直末によれば――蜂谷家は、三年前にほろびた武田家に祖父の代からつかえ、軍功もある家柄である……ということになる。

与助は、馬廻衆《うままわりしゅう》として百石をあたえられた。

以後、秀吉が天下を平定し、文字通りの〔天下びと〕となるにつれ、大谷吉継も小田原戦役や、例の太閤検地にも活躍し、文禄四年（一五九五年）には一万石の加増がある。

このころになると、与助も三百石をあたえられ、主・吉継の側衆《そばしゅう》（側近）に出世をしている。

慶長三年（一五九八年）、豊臣秀吉が歿し、再度にわたっての朝鮮出兵も失敗に終り、渡鮮中の将兵は帰還した。

これから、関ケ原合戦に至るまでの経過をあらためて記すまでもあるまい。

秀吉の死後――。

大谷吉継も蜂谷与助も、ほとんど敦賀へは戻らず、大坂か伏見の屋敷に在《あ》って予断をゆるさぬ政局のうごきにそなえた。

大谷家の臣となってから約十五年。四十三歳になった蜂谷与助へ〔秘命〕が下ったのは、このころである。

〔秘命〕は大谷吉継が下したのではない。

徳川家康の重臣・本多佐渡守正信《さどのかみまさのぶ》から下ったものである。

つまり、蜂谷与助は徳川の間者《かんじゃ》として十五年も前から大谷家へ潜入していたのであって、彼が武田家につかえていたことは事実なのだが、主家滅亡後、徳川家へ入り、そのころから充実完成を期して活発にうごきはじめた徳川間諜網《かんちょうもう》の一つの網目として大谷家へ送りこまれたものだ。

(いよいよ、はたらくことになったわけだが……何やら気落ちがしてしまったようなな)

と、与助は思った。

この十五年の間、与助は何一つ徳川方へ情報をもたらしてはいない。

「命《めい》あるまでは、大谷の家来になりきっておれ」

というのが、本多正信の厳命であったからだ。

そのときの蜂谷与助には妻と女子二名があったという。妻は同じ大谷家中の平野加兵衛の女《むすめ》である。

慶長五年八月二十九日——。

すでに美濃・大垣城に入っていた石田三成から、敦賀へ急使が駈けつけた。出陣要請の使者である。大谷吉継は、十九歳の長男・大学助吉治《よしはる》と共に精鋭千二百をひきい、敦賀を発した。

蜂谷与助は、

「おれがことは帰らぬと思え」

と、妻にいった。

与助のみならず、今度の戦陣がどのようなものかを知らぬものはない。これより先、大谷吉継は、徳川家康の上杉征討に応じ、六月二十日に敦賀を発している。ところが、木ノ本《きのもと》まで来ると、佐和山《さわやま》の石田三成の家来、柏原彦右衛門が出迎えに来ており、そのまま、吉継は佐和山城へおもむいた。

三成が西軍旗上げの大事を打明け、吉継に協力を請《こ》うたのはこのときである。

吉継は仰天《ぎようてん》した。

このとき、吉継は「治部殿（三成）には才気あっても大局をつかむ心がない上に、戦陣の駈け引きに於て、到底内府（家康）に立ち向えるものではない」と、きめつけたが、すでに矢は放たれており、取返しのつかぬところまで家康打倒の計画が進んでいるのを知ると、熟考の後に、

「おことへはそむけぬ」

いさぎよく、西軍へ加担することを決意した。

三成と吉継の交友は二十余年にわたるもので、豊後《ぶんご》の片田舎の郷士の家に生まれた大谷吉継が、当時、姫路城主だった秀吉の家来になったとき、すでに三成は秀吉側近の一人として羽振りをきかせていたようである。

こんな話がある。

後年、吉継は癩病《らいびょう》にかかり、桃山で秀吉の茶会がおこなわれたときのことだが……。

諸大名居並ぶ前で、秀吉が茶を点じ、これを順に呑みまわしたとき、吉継は戦慄した。そのころから癩の症状が判然となり、髪もぬけ、顔や手の皮膚もくずれかけていた吉継だけに、呑みまわしの濃茶を彼がどう扱うかと、列座の大名たちは息をのんだ。

吉継のとなりには石田三成がいた。

茶がまわって来、吉継は仕方もなく、ふるえる手で茶碗をとったが、口をつけたとき、ずるりと水洟《みずばな》を茶碗の中へたらしてしまったものである。鼻腔の機能が病気のために鈍《にぶ》くなっていたのであろう。

吉継は、わなわなと震《ふる》え出したが、三成は平気で茶碗を横手から取りあげ、事もなげに呑みほしてしまったという。

「そのときこそ、わしは治部殿のため、いつでも死ぬ覚悟をきめたのだ」

と、吉継はいい、親友の蹶起《けつき》に殉《じゆん》じたのである。

これが単なる説話であるや否や、それは知らぬが、三成の出陣要請にこたえて敦賀を発した大谷吉継は腹巻もつけぬ平常のままの軽装で、四方明放しの輿《こし》に乗り、白の練絹《ねりぎぬ》の頭巾《ずきん》を顎《あご》の下までかぶり、わずかに鼻梁《びりよう》の一部と両眼のみがのぞいていたというから、病患はかなり重くなっていたと見てよい。

八百の軍列は、かねて三成との打合せの通り、北国口の防衛についたわけだが、吉継はまず関ケ原の西端・山中村の高地に陣地を構築した。

この地点は〔中山道〕に面した戦略上の関門であり、大谷軍は平塚為広《ためひろ》の部隊と共に、これを守り、同時に、東軍から京坂方面への連絡を絶つべく、

「与助。そちにたのもう」

吉継は蜂谷与助をよび、

「徳川方の密使、間者たちのうごきを押えよ」

と命じた。

さすがに十五年もつかえて来て、吉継が少しも自分を疑うことなく、この皮肉な命《めい》をあたえたとき、さすがに与助は面を上げ得なかったそうな。

だが、この役目はまさに与助の活動を充実たらしめることになった。

関ケ原近くの垂井《たるい》で一万二千石を領している平塚為広も地理にくわしいので、ここからも十名ほど、与助の手勢に加わることになったが、こんなことは、さして支障にはならぬ。

与助も、このころには家来十名、足軽二十名ほどを抱えているし、その中の三名は徳川からさしむけられた間者である。

会津の上杉景勝征討に向った徳川家康は、一子・秀康を下野《しもつけ》にとどめて上杉軍にそなえ、みずからは参軍の諸大名をひきいて東軍を編成。一度、江戸へ引返したが、九月一日に二万五千をひきいて江戸を発し、先鋒の東軍約三万五千と合するため東海道を上りつつあった。

大谷吉継が関ケ原へ進出したころ、家康は小田原あたりを進んでいたわけだが、東軍の先鋒はすでに岐阜城を落し、赤坂に集結しており、このため、西軍の大半は大垣城へ進出した。

このとき、早くも東軍は有利な地点をしめたことになる。

地図を見るとわかるが、赤坂は大垣の西方一里半にあって、一歩、京坂への道に先んじている。

家康としては西軍を破ると共に、京・大坂を手中におさめねばならぬのだから、先鋒部隊の勇戦によって、いち早く、この地点に楔《くさび》を打ちこんだ知らせを受け、

「急げ!!」

顔色を変えて勇躍したのも、早く先鋒部隊と合流して、この地点をあくまでも守りぬかねばならぬと決意したからであろう。

徳川家康が赤坂・岡山の本陣へ到着したのは、九月十四日の昼前であった。

この日の朝――。

関ケ原では、大谷吉継が、

「陣を移せ」

と命じ、山中村の高地から藤川台へ移動した。つまり、中山道に向って前進したわけである。街道をへだてた向う側は松尾山で、ここには小早川秀秋《こばやかわひであき》（筑前・名島五十二万二千五百石）が約一万ほどの部隊をひきいて着陣し、山裾のほとんど大谷軍の陣地から指呼《しこ》の間に、脇坂安治《わきざかやすはる》（淡路・洲本三万三千石）朽木元綱《くつき》（近江・高島二万石）小川祐忠《すけただ》（伊予・府中七万石）赤座直保《あかざなおやす》（越前ノ内二万石）の四将が合せて七千ほどの部

隊をもって陣をしいている。

脇坂など四将は、大谷吉継の依頼をうけ、山上の小早川部隊を監視しているのだ。

関ケ原戦における小早川秀秋の立場は微妙なものであって、はじめは西軍の伏見城攻撃を指揮し、徳川留守部隊を全滅せしめた後、どういうわけか〔発病〕と称し、近江の高宮へ部隊をとどめ、のらりくらりとしていたものである。

このとき、すでに秀秋は、黒田長政・浅野幸長《よしなが》からの密使による勧誘をうけ、家康に加担する約を結んでいたという。それだけに、石田三成にとっても秀秋の去就《きよしゆう》が不安であり、

「中納言（秀秋）の病気は、どうも怪しい。目を離さぬように——」

くれぐれも大谷吉継へ依頼してから大垣へ出て行った。

秀秋は秀秋で、

「病気のため、いろいろとお疑いもあったろうが、もはや本復したので、来るべき決戦には見事戦うて見せ申そう」

と、大垣へ使者をやったりしている。

十四日の朝は、関ケ原の山峡の空も青く晴れわたった。

大谷吉継は、蜂谷与助をよび、

「決戦も迫ったようじゃ。このあたり一帯の警備をおこたらぬよう。ことに、松尾山へは徳川方の密使が往来することもあろう。十分に気を配ってくれい」

「はっ」

与助は、手勢四十名を七手に分け、西は柏原、東は垂井から大垣にかけて警戒網を張った。

このうち二手は、平塚為広の家来が指揮しているのだが、五手は与助自身の命《めい》一つで、どうにでもうごく。

与助は西軍にひそむ東軍のスパイなのだ。

大谷吉継も、とんだ者にとんだ使命をあたえてしまったものだが、与助はもう自由自在に大垣から関ケ原の線を駈けまわり、東軍のため有利な活動を行なえばよいわけであった。昼すぎになって、柏原から今須《います》へぬける間道を走って来る使者を、与助が捕えた。

この使者は、西軍の立花宗茂《むねしげ》（筑後・柳川十三万二千石）からのもので、宗茂は、いま大津城にこもる京極高次を攻撃している。

高次は、かねてから、

「いざともなれば、出来るだけ大津で敵の一部を喰いとめてもらいたい」

と、家康の命をうけている。

高次は九月三日から籠城《ろうじょう》をはじめているが、立花軍の猛攻をうけ、落城は目前に迫っていた。立花宗茂の使者は、密書を持っていたわけではない。口頭によって宗茂の言を大谷吉継か、大垣の石田三成へつたえるべくやってきたのだから、蜂谷与助などに口をひらこう筈はない。

「かまわぬ、斬れ」

与助は、たちまち立花宗茂からの使者を斬殺してしまった。

「どうやら大津も落ちそうだ。大津を落してのちの進退を、立花宗茂は問い合せて来たものだろう」

と、つぶやき、与助は、尚《なお》も立花からの密使の通行があるものと見て、腹心の湊井《みなとい》某に一隊をあずけ、

「西軍の使者、一人も通すな。密書なきものはかまわず斬れ」

と命じ、自分は只《ただ》一騎で、何処かへ駈け去った。近江から美濃へかけて、徳川方の間者が、かなり散開している筈《はず》だ。或いは寺僧になり、又は百姓、木樵《きこり》などになって、二年も前から入りこみ、佐和山の石田三成のうごきを探りつづけて来ている。与助も、このうちの何人かと連絡を保っていたようである。

赤坂の本陣に、徳川家康が到着して、一度に数千の旗幟《きし》がひるがえったのは、このころである。

大垣城の西軍は、

「いよいよ内府が来た」

動揺を隠し切れない。

その日の午後――。

与助は、今須の宿につめている大谷軍の士から「殿がお呼びでござる」とききき、急いで藤川台の本陣へ駈けつけた。

「異状《かわり》はないか？」

と、吉継。

「何事も、いまのところは……」

と答えたが、すでに、東軍・黒田長政からの密使二人を、与助は無事に松尾山の小早川秀秋のもとへ送りこんでいる。

陽《ひ》が雲にかくれ、冷気がたちこめてきた。

関ケ原は、美濃国・不破《ふわ》郡の宿駅であって、伊吹山の南麓にあたり、四方をかこむ山々の中に東西四キロ、南北二キロの平原がある。この平原の北東から南西にかけて中山道がのびていた。

いまでも、東海道線がこの山峡を走りぬけるとき、天候の変化の激しさにおどろくことがある。岐阜に、うららかな春の陽《ひ》ざしがあっても、この山峡へかかると、目くるめくような雪が舞いおどっている風景を、筆者は何度も見た。

さて——。

大谷吉継は、依然として武装をせず、小袖の上に白い直衣《ひたたれ》を重ねたのみで、幔幕の中から、じいっと松尾山のあたりを見入りつつ、

「大事の役目ゆえ、与助にたのもうと思うが、どうじゃ?」

傍の重臣・三浦喜太夫に問いかけた。

「いかさま——」

喜太夫もうなずく。吉継は与助に、

「どうも中納言のことが気にかかる。わしから見ると、あの松尾山に立ち並んでいる小早川勢の旗幟には、まるで戦意がない、としか思われぬ。もしやすると……すでに、中納言が近江に軍をとどめいたとき、内府からの呼びかけがあったやも知れぬ。

与助、いままでのところ、松尾山へ密使が入りこんだ気配はないのだな？」

「ござりませぬ。虫一匹通さぬほどの手くばりをいたしてありまする」

「よし」

うなずくや、吉継は、

「治部殿に口上をもって申せ」

「何と？」

「治部殿より松尾山へ使者をつかわし、中納言を大垣城へ呼びつけるようにとな。つまり、今宵《こよい》は諸将参集の軍議あるゆえ、ただちに大垣へおもむかれたし、と、これは治部殿の書状を持参させたがよい……と、かようにつたえよ」

「つまり、小早川中納言さまを人質にとらえおくのでござりますな」

「うむ。大将を人質にとられては、まさか寝返りも出来まい。その方がよい。いざというときに頼りにはならぬが、まだ、その方がよい」

「なれど……」

と、与助はいった。

あまりにも大谷吉継が、与助をはたらきやすいようにしてくれすぎる。なんとなく、この主人？にすまぬような気がしてきて、

「なれど、中納言さまが、もし内応あるときは、呼び出しに応じますまいかと――」

「そこじゃ。どうしても大垣へ行かぬとあれば、わしに考えがある。かまわぬ。とにかく急ぎ大垣へ行け」

「はっ」

与助は馬へ飛び乗った。

黒い雲が頭上をおおい、霰《あられ》が落ちて来た。

平原へ出た与助は、脇坂、朽木などの陣所を右に見て、まっしぐらに大垣さして走った。

関ケ原より大垣まで約四里である。

途中、山峡をぬけたところにある垂井の手前から、与助は街道を右へ逸《そ》れた。

南宮山の東麓に宮代という小さな部落があり、この村はずれに小さな名もないほどの神社がある。

この社の裏手の山林に、土民風の男が二人いた。

何気なく焚火《たきび》をし、何気なく、にぎりめしを食べている男たちが、馬鈴の音と合図の口笛をきき、道へ出て来た。

ここで、与助は素早く打合せをした。

土民二人は東軍の間者である。与助は、いかなることあっても、松尾山をうごかぬように小早川秀秋へつたえよ、と二人に命じ、すぐに馬を返して大垣へ向った。

大垣は騒然となっていた。

というのは……。

家康の着陣によって、西軍の動揺があまりにひどいので、石田三成の重臣・島左近《さこん》が宇喜多《うきた》秀家（備前・岡山五十七万四千石）とはかり、

「ひとつ内府の度胆《どぎも》をぬいてくれましょう」

千五百ほどの部隊をくり出し、これを二手にわけ、左近みずから五百をひきいて、株瀬《くいぜ》川へ出張《でば》った。

対岸にいたのは東軍の中村一忠《かずただ》（駿河・府中十四万五千石）の部隊であったが、島左近ひきいる西軍が川をわたりはじめるのを見て、

「それ!!」

銃撃した。

西軍は引いては攻め、また引く。結局、中村隊は巧みに引きよせられ、

「それ、追いくずせ」

中村一忠ばかりか、有馬豊氏《とようじ》（遠江・横須賀三万石）の部隊も、喚声をあげて川をわ

たり、逃げる石田部隊を追いかけたものである。

島左近が、東軍を大垣城下近くの簀戸口《すのこ》まで引寄せたとき、伏せていた宇喜多部隊七百が、一斉射撃を行ない、島左近もまた、逃げて来た部隊をまとめ、

「突きくずせ‼」

みずから槍をふるって突撃した。

宇喜多の新手も鬨《とき》の声をあげて突貫する。

中村部隊は、これで、さんざんな目に合った。

野一色頼母以下四十余名が戦死。たちまち敗走して株瀬川をほうほうの体《てい》でわたり逃げたという。

これで、大垣城はにわかに活気づいたようである。

蜂谷与助は、このさまを到着したばかりの大垣城内からながめていた。

石田三成も面をかがやかせて島左近と宇喜多秀家をねぎらい、引きあげて来る戦闘部隊を、みずから城の大手口へ出迎えた。

与助が、大谷吉継からの口上をつたえたのは、この直後のことである。

「刑部少輔が、左様に申したか……」

三成は少し考えてから、

「うけたまわった、とつたえてくれ。尚も、松尾山へは心つけられるよう、たのみ入ると刑部殿へ——」

「はっ」

与助は、すぐに大垣城を出た。

間もなく、石田三成の使者・塩田主米《しゆめ》が大垣を発し、松尾山へ向った。

夕暮れも近い。雲が風に吹き流れ、陽がさしてきた。

塩田主米が垂井を抜け、山峡へ入ると、いつの間にあらわれたのか、蜂谷与助が馬を駈《か》って追いつき、

「松尾山への御使者でござるか？」

「いかにも——」

「では、同道つかまつろう」

「蜂谷殿は、もはや関ケ原へ戻られたと存じていたに……」

山峡を吹きぬける風は強かった。二人が疾駆《しつく》する街道の両側の山肌から吹きつけるように落葉がふりかかった。

そして、この山峡を抜け出たのは蜂谷与助一人であった。

塩田主米は与助に刺殺され、南宮山の森の中へ放りこまれており、三成の密書は与

助の手へわたっている。

密書の内容は、いうまでもなく軍議への出席を要請したものであったが、与助は一読するや、これを粉々に破り捨ててしまった。

大谷陣へ戻った与助は、吉継に、

「間もなく松尾山へ大垣の使者が到着いたしましょう」

と三成の言葉をつたえた。このとき、陣所に戻っていた与助の家来・湊井某に、与助が、

「今朝から何も腹へ入れておらぬ。何かないか」

と、いった。

「ございます」

二人は、中山道に面して打ちこまれた柵《さく》の傍で食事をとった。夕闇がたちこめている中で、士卒たちも夕餉《ゆうげ》のにぎりめしを炊《た》き出している。

街道をへだてた向うの脇坂等四将の陣地からも炊煙《すいえん》が上っているが、松尾山の小早川軍は森閑《しんかん》としずまり返っていた。

「与助殿」

と、にぎりめしを嚙みつつ、湊井某がいった。湊井は本多正信直属の密偵であり、

与助の家来となって、徳川方と与助との連絡を保つ役目をしている。中年の老巧な男であった。

「先程、赤坂より密使がまいってな」

「ふむ」

「今夜、南宮山の吉川《きっかわ》・毛利の両軍を内応させるべく赤坂から密使が出るそうな。この密使、大事の役目ゆえ、ぜひにも通さねばならぬ。われらに守れということだ」

「よし。おぬしにまかそう。おれはまだ消えられぬ。消えてはまずい」

「では——」

湊井は去った。

だが、これより先、大垣で株瀬川の戦闘が済んだころ、毛利・吉川の単独講和は、ひそかに家康とむすばれていた。

毛利・吉川両軍は約一万余——この大軍を石田三成は、すでに失っていたことになる。

夜になった。大谷吉継は、急に思いたち、家来十余名を従えて、松尾山へのぼった。

このころから雨が落ちて来た。

小早川秀秋の決意をたしかめるためであった。

秀秋は、木下家定の五男で、後に秀吉の猶子《ゆうし》となり豊臣の姓をあたえられたほどで、後年、小早川隆景の養子となり筑前の太守となったのも、故秀吉の恩をこうむること大なるものがあった。

「このたびの戦いは、何事も豊家《ほうけ》存続のためのものであるから、そこもとも、ゆめゆめ心変りなぞなされぬよう」

と、吉継は思いきっていった。

「心得てござる」

と秀秋はこたえた。吉継は、ここで大垣からの使者が松尾山へ来ていないことをはじめて知った。この間——。

大垣の軍議は、ようやく決まった。大垣を捨てて、関ケ原へ下り、ここで東軍を迎え撃《う》とうというのである。

すでに、赤坂の家康は大垣にはかまわず、全軍をひきいて大坂城へ向うという情報も入っており、石田三成は惑乱してしまった。

島津義弘《よしひろ》（薩摩五十五万五千石）と小西行長（肥後・宇土二十万石）の二人は、家康に対する野戦の不利を説き、しきりに赤坂夜襲を献策したが、三成は煮え切らなかった。

これで、島津と小西は、三成の戦陣における器量に見切りをつけてしまったようである。

大垣も沛然《はいぜん》たる雨に包まれている。


大垣に約八千の守備兵を残し、両軍は十五日の午前一時ごろから四時ごろの間に、関ケ原へ集結を終えた。

これを知った家康は、西軍のほとんどが大垣を発した後に、赤坂の陣をはらい、関ケ原へ向った。

西軍の総兵力は八万余とも十二万余ともいわれているが、はっきりしたことは不明である。おそらく八万前後であったと思われる。

東軍は七万五千余。どちらにしても兵員数からいえば西軍の方が上廻るわけだが、この中には、すでに裏切りを決定している毛利や小早川の約二万がふくまれているわけだ。

石田三成は、西軍の本営を笹尾の丸山へおいた。それから右に、島津、小西、宇喜多と展開し、右端に大谷吉継の陣がある。大谷陣から石田陣まで、さしわたしにして約半里というところか。

大垣から雨と寒気の中を行進して来た兵たちは、かなり疲れていたようである。

大谷吉継は、西軍が関ケ原へ入るのを見るや、

「陣を移せ」

藤川台上から下って、藤川辺りに兵を展開せしめた。

すでに、蜂谷与助は消えていた。

三成が到着し、軍議が急いで行なわれ、吉継も輿《こし》に乗って出て行ったが、ここで、吉継は、三成の親書をたずさえた使者が松尾山へおも向いたことを改めて確認せざるを得なかった。

吉継は、逃亡した蜂谷与助を何と思ったろう。

そのころ、与助は、早くも侵入して来た東軍の先発隊を誘導し、南宮山の南裾を進んでいた。この部隊は約五十ほどだが、家康の馬廻・奥平《おくだいら》貞治を長とする選抜部隊であった。

役目は、松尾山の小早川軍の裏切りを促進《そくしん》せしむるためのものである。小早川のみか、脇坂、朽木など四将の内応も確定的なものとなっている。

大谷吉継が、小早川秀秋を監視させるべく配置した四将が、いずれも裏切り部隊なのは、皮肉でもあったが、

（どこまでも御運のない御方なのだろう）

と、与助も憮然となっている。

何といっても、十五年を可愛がられてつかえた御主人なのである。

しかも、与助は妻子を敦賀に残していて、おそらく二度と会うことは出来まい。

いま与助が感じることは、まだ秀吉が健在でいて天下を切りまわしていたころから、徳川家康が張りめぐらした諜報網についてである。

与助は、十五年も間者の役目はせず、いまこのときになり、はじめて活動をはじめたわけだが、与助のみならず、諸国大名へもさまざまな形で、徳川の間者が潜入していたことであろう。

むろん、この戦さが東軍の勝利となれば、蜂谷与助への恩賞は約束されている。

（それにしても……）

進みつつ、与助は、ためいきをついた。

大谷吉継は〔死病〕を抱えた身で、そのためか、ほかの大名たちに見られる野望も権謀もなく、家来たちには、ことにやさしい主人であった。

与助は、吉継の信頼をうけるため十五年の間、最善の努力を払ってきたが、そのため、今日の活躍が可能となったわけである。

与助の誘導する先発部隊は牧田のあたりで歩をとめ、時を待った。ここから関ケ原までは約一里であった。

夜が明けた。

雨はやんだが、乳色の霧が濃くたちこめていて、視界はまったくきかない。

このころ、関ケ原へ到着した東軍は、家康が本陣とした桃配山《ももくばり》の前方に、黒田、加藤、田中、筒井、松平（忠吉）、井伊《いい》の諸部隊が正面から西軍の主力に対し、その左手に藤堂、京極、寺沢の部隊、この先鋒は福島正則で、福島部隊は、やや側面から西軍主力をねらうと共に、大谷吉継へ相対していた。

ずっと後方の家康本陣へ近いところに、遊軍として本多忠勝の部隊があり、本陣の後方には、池田、浅野、山内《やまのうち》の諸部隊が南宮山の毛利吉川両軍を監視している。

むろん、与助には、こうした両軍のうごきはわからない。

ただ、霧がはれるのを、じりじりしながら待つのみであった。

霧の中に偵察の兵が走りまわる。

どこかで、銃声がおこった。

あまりに霧がふかいため、どこかで敵味方がぶつかり合ったものと見える。

とにかく、霧がはれなくては決戦の火ぶたは切れない。

霧の中に、両軍は、それぞれ相手方の陣形をさぐり合い、それに応じて味方の陣形をととのえて行った。

霧がうすれた午前七時ごろ、

「もはや、よろしかろう」

与助は部隊と共に牧田村の田地を突切り、松尾山の北面を進みはじめた。

はがれて行く霧の幕の中から、関ケ原の平原が与助たちの前へ浮きあがって来た。

この地点は、ちょうど東軍先鋒の側面にあたり、前方には福島隊の戦旗が立ち並び、右方の台地には藤堂ら三部隊が戦機を待っている。

与助たちは、山裾の林の中へかくれ、開戦を待った。

(や……?)

馬蹄《ばてい》の音が急激にふくらみ、わあーんという喚声が前方のうすくただよう霧の中からきこえはじめた。

福島隊の戦旗が、ゆれうごき、移動しはじめたと与助が見たとき、すさまじい銃声が山峡の平原へひびきわたった。

両軍先鋒の激突（井伊隊と宇喜多隊）である。

喚声が湧き起った。

前方の木立の中を刀槍のきらめきが激しく流れて行ったかと思うと、また鉄砲の一斉射撃であった。

与助たちの右手にいた藤堂、京極の両隊が、田地を林を突き抜け、与助たちの目の前を大谷陣へ向って殺到して行った。

戦闘は、たゆむことなくつづけられた。

およそ半里四方にも及ばぬほどの平原の中で両軍の先鋒も主力も、泥をこねまわしたような混戦、乱戦をあくことなく繰り返したのである。

大谷吉継は、藤川辺りの陣所で、例の輿の上へすわり、下半身を綱で輿台へしばりつけ采配《さいはい》をにぎりしめ、松尾山に依然としてうごかぬ小早川軍の旗を見上げていた。

この日、吉継は腹巻のみをつけ、その上から、白地に黒蝶の群れ飛ぶさまをあらわした直衣《ひたたれ》を着込み、白の練絹の頭巾という、吉継にいわせれば、

「これが死装束じゃ」

であった。

かねてからの打合せによれば、三成の本営から狼烟《のろし》が打ち上げられるのを合図に、

松尾山の小早川軍と南宮山の毛利軍が、いっせいに山を下って家康の本陣めがけて襲いかかる、ということだ。

この狼烟が上ったのは、午前十一時ごろであった。

両軍とも諸部隊を投入して、戦闘が最高潮に達したときである。

同時に、

「それ！」

五十名の部隊に援護された奥平貞治が、戦場へ出て、大谷部隊の迎撃《げいげき》を突破し、松尾山の北面からのぼりはじめた。

すでに、黒田長政の家来、大久保猪之助が松尾山にあって小早川軍の裏切りを督促《とくそく》している筈であったが、家康は尚、不安であり、赤坂を発つに当って奥平貞治をさし向けたのである。

奥平貞治は、部下が大谷隊と闘う間隙《かんげき》を縫い、四名の家来をつれ、蜂谷与助の誘導によって松尾山の間道をのぼり、やがて、頂上に達した。

これから、奥平と先着していた大久保の二人が、小早川の家老・平岡頼勝《よりかつ》の鎧《よろい》の草《くさ》摺《ずり》をつかみ、

「何故《なにゆえ》、裏切りの御兼約を果されぬのか――」

必死になってつめよるし、大谷吉継もまた使者をよこし、
「狼烟の合図を御忘れではあるまい」
と、迫る。
平岡は、のらりくらりと両軍の使者にいいぬけた。
なぜか？
つまり、どちらか戦さに勝目が出たときに味方しようというのだ。
一応、家康への内応は約してあるが、もしも西軍が勝ったら、とんだことになる。
西軍が勝ちそうなら、今度はまた徳川を裏切るつもりなのだ。
この戦争における裏切り大名のやり方というものは、どれもこれも、みんな汚《きた》ない。
与助は見ていて厭になった。
結局、昼すぎになって、徳川家康が業を煮やし、
「松尾山へ鉄砲を打ちかけよ!!」
と命じ、福島隊から二十挺の鉄砲を小早川の陣へ撃ち放した。
これで、小早川秀秋の腰が上ったのである。
小早川軍の鉄砲六百挺が山を下って来て、いきなり大谷吉継の陣地へ撃ちかけた。

「うわあ……」

鬨《とき》の声をあげて、全軍、山を下って行くのを、蜂谷与助は茫然とながめていた。

(見てはおられぬ)

さらに——。

脇坂、朽木ら四将も、これを機に小早川軍と合流し、藤川辺りに勇戦奮闘をつづける大谷部隊へ襲いかかった。

これで大勢は決した。

硝煙と戦旗が渦を巻いて流れうごく眼下の戦場に、うす陽も落ちかかっていたのが、このとき、雲が黒く空をおおい、またも雨が叩いてきた。

午後一時——。

大谷部隊は小早川軍の一万の新手を迎え、尚も奮戦し、一時は大将の小早川秀秋が潰走《かいそう》する始末であったという。

大谷吉継は藤川をわたり、輿の上から指揮をとっていたが、

「これまでじゃ」

もとの藤川台へ引返し、ここで湯浅五助の介錯《かいしゃく》をうけ、自刃した。

雨が沛然とけむっている。

ようやく、ゆるやかになった戦闘の流れを白い雨の幕が溶かして行った。

島津義弘の部隊が、敵中を突破して退却にかかったのは、このときである。

これまで、義弘は戦闘に加わらず傍観していた。

石田三成も、ついに、みずから島津の陣所へ駈けつけて出陣を要請したが、義弘は応じなかった。

大垣以来、義弘はよくよく三成を見限ったものと見える。

ことに前夜の軍議での献言が全くかえりみられなかった口惜しさを忘れて、三成のために闘うことなど思いもよらなかったのだ。

島津部隊が後世にうたわれるほどの勇猛無類な敵中突破を行なって関ケ原を落ちた後、戦火はやんだ。

勝利を得た徳川家康は、大谷陣のあった藤川台へのぼって戦勝を祝った。

そのころ、土民姿の蜂谷与助は、篝火《かがりび》の燃えさかる家康本陣を目ざし、ようやく山を下りはじめた。

妻を売る寵臣——牧野成貞

主忠信

由来、政治の裏面には賄賂《わいろ》と献金の横行《おうこう》が通例となっているようだ。〔政治〕というもの〔政治家〕というものにとって、これらの付属物は常識ともなっているのだろうし、その汚濁《おだく》の中に悠然とかまえ、「政治というものは、こういうものなのでアル」

平然と肯定するものも多い。

人間の生態というものは科学文明をほこる現代においても、さほど昔から向上をとげてはいないものだ。

そこがまたおもしろい〔浮世〕なのであろうけれども、人間本来の原始的な防衛本能や攻撃本能が、科学文明とむすびつくと、原・水爆などという化物《ばけもの》を生み出してしまうわけだ。

本来は、まだまだ単純な機能組織しかそなえていない人間を人間自身が買いかぶって、なまじ高等生物のように思い込み、大自然を征服したつもりで鼻をうごめかしていると、今にとんでもないことになるであろう。

などと、話が横道にそれぬうちに、この読物の主人公・牧野備後守成貞《びんごのかみなりさだ》へ筆をうつして行こう。

賄賂と献金と政治の関係……。

それもあるが、また〔献妻《けんさい》〕などということもあるのだ。

つまり、自分の妻を主人にさしあげるというわけだ。

牧野成貞は、多くの史書によると――妻を主君にさしあげ、その恩寵《おんちよう》によって二千石そこそこの身分から七万五千石の大身に出世をした佞臣《ねいしん》ということになっている。

成貞は、七十九歳の長寿《ちようじゆ》をたもち、正徳《しようとく》二年に歿した。

十九歳になる愛妾おりくに男子を生ませたのは、死ぬ二年前のことである。そのとき成貞は、

「なんとあさましいことじゃ。わしはもう蟬《せみ》のぬけがらになったつもりでいたが、それでいて孫のような女に手をつけ、子を生ませる。まことに恥ずかしゅうてならぬわ」

嘆息をした。

しかし、成貞にとっては初めての男子出産だったので、死歿までの二年間というものは、まるでなめまわすようにその子を可愛《かわい》がったという。

成貞の妻・阿久里《あぐり》は、十数年前に病歿してしまっているが、成貞は妻との間に三人の子をもうけている。

いずれも女子であった。

夫婦仲は、すこぶるむつまじかったのである。

だから牧野成貞は愛する妻を主人にさしあげたということになる。

成貞の主人は、五代将軍・徳川綱吉であった。

綱吉は三代将軍・家光の第四子だ。

はじめは上野国《こうずけのくに》・館林《たてばやし》に封ぜられていたが、兄の家綱（四代将軍）が歿し、これに世子がなかったので、延宝八年に五代将軍位につき、江戸城へ入ったのである。

牧野成貞は、綱吉が、まだ館林の殿さまだったころから、すでに寵臣であった。

いや、妻を主人に奪われる前から寵臣だったのである。

寵臣だったからこそ、奪いとられもしたのだし、泣寝入りもしたのだ。

（人というものは、他人の死については考えもするが、おのれも他の人びとと同じように、一刻一刻と死の関門へ近づいているのだということを、しっかりと心のうちに踏まえてはおらぬものらしい。……あのころのわしもそうであった……)

八十に近い長生きをしてみても、その生涯をふりかえってみて、長生きをしてよかったなどという感じは少しもなかった。

(あのとき、わしは阿久里とともに、あくまでも上様に、死を決して立ち向かうべきであったのかも知れぬ……)

老い果てた成貞は、愛妻とともに耐え忍んだ五十余年の苦悩をいまさらながら、つくづくと思い浮かべてみた。

いよいよ病床につき、回復の見込みもたたなくなった正徳二年五月二十七日の夜に、牧野成貞は、枕頭《ちんとう》にある愛妾おりくや侍臣を遠《とお》ざけ、家老の本田嘉平次ひとりをそばに呼びよせた。

本田嘉平次は、父の代から牧野の家来だったもので、成貞の出世にともない、家老職にまで立身した淳朴誠実な老臣である。

「なんぞ、御用にござりまするか?」

「おお」

成貞は枕頭の飾り棚の開き戸の鍵を嘉平次にわたした。

「中に文箱《ふばこ》がある。それを出してくれい」

「はッ」

成貞は半身を起し、嘉平次が取り出してきた文箱の中から、何やら密封をした書状のようなものをぬき出した。

「よい。さがっておれ」

「なれど……」

「案ずるな」

「はい」

本田嘉平次が次の間にさがるのを見とどけてから、成貞は、そのものの封を切り、中に巻きこまれてあったものをとり出し、ひろげて見た。

これは掛軸《かけじく》になっていたもので、将軍綱吉みずから筆をとって成貞にあたえた書幅《しょふく》であった。

〔主忠信〕の三字が大書してあった。

（お前は、主《あるじ》に対して忠義であったぞ）という意味から、書いてたまわった？ものであろう。

だが、この書幅を見るたびに、牧野成貞のはらわたは千切《ちぎ》れるような思いがしたものである。

隠居《いんきょ》してからの成貞は、この書を掛けものからはぎとって巻きおさめ、折りたたんで密封してしまったのだ。

（……？）

次の間にさがった本田嘉平次は、病間の主人成貞の気配に緊張しつつ耳をそばだてた。

病間では、何か紙を引き裂く音が、しばらくはつづいた。

「嘉平次」

やがて成貞の声がかかった。本田嘉平次が病間へ入って行くと、

「これを焼き捨てよ」

成貞が、こなごなに引き裂いた紙のかたまりを嘉平次にわたした。

「これは……？」

「なんでもよい。この場で焼き捨てよ」

「はい」

夏のころだが、火桶《ひおけ》はある。

嘉平次が成貞の眼《め》の前で、紙くずを灰にし、またも次の間へ引きさがってから、

「う、う、……む、む、……」

うめきとも泣き声ともつかぬ低い声をもらし、牧野成貞は、夜具に顔を埋めた。
愛妻を奪いとったばかりか、その後も、もっと手ひどいことをした主人の綱吉が、
のめのめと、
「これをそちにあたえる」
などと書いてよこした〔主忠信〕の書幅なのである。
成貞は今までに、なんどもこの書幅を焼き捨てようとした。
しかし焼き捨てきれなかったのは、憎い主人に対する一種の愛情のようなものが、
無意識のうちに牧野成貞の体内に残っていたのかも知れない。

学者の殿さま

牧野成貞の父・儀成《のりなり》は、早くから綱吉の側近く仕えていた。
だから成貞も少年のころから、綱吉の小姓として神田の館林侯屋敷へ奉公に上がった。
ときに成貞は十七歳であり、主君の綱吉は五歳の幼年であった。

成貞は、この幼君のお守りをしながら、綱吉の成長と生活にとけこみつつ、みずからも大人になっていったのである。

幼少のころの綱吉は、聡明であり、わがままなところはあっても成貞の言うことなら一も二もなく聞きわけてくれたものだ。

(この君《きみ》のためなら、一生をささげても……)

少年成貞も、この可愛らしい幼君には懸命の努力を惜しまず奉仕してきたと言ってよい。

綱吉の生母は桂昌院《けいしょういん》という。

すなわち、三代家光の愛妾お玉の方《かた》だが、その素姓はまったく明らかでない。

某書にいわく。

――桂昌院何ものなるや。これ寒陋《かんろう》微賤《びせん》の匹婦《ひっぷ》。婦徳なく才学なし、わずかにその容色の勝《すぐ》れるにより、将軍家光の愛寵するところとなり……。

わが子綱吉が将軍位を継ぐに及んで、その威力を大奥にふるい、奢侈《しゃし》をきわめ、天下の費《ついえ》、人民の困惑を少しもかえりみず……と、さんざんにやっつけられている。

この〔桂昌院〕という女性に対するイメージは大体にどの書物を見ても大差はないと言ってよい。

身分いやしい生い立ちだからというので、これをひた隠しにしていたほどの桂昌院だ。

それが、自分の生んだ子が天下の権力をつかみとったからには、その威勢が大きくなるのは当然だし、彼女の虚栄は層倍のものとなったことは無理もあるまい。

ここに〔政治〕へ女権が介入する。

内外の歴史のひとこま、ひとこまのどこをさぐっても容易に見られるところのものだが、ことに徳川将軍の時代は、この五代綱吉から大奥の女権がふくらみ、あなどりがたいくちばしを政治へ入れるようになった。

初代家康は、周知のごとく天下を治めるに寸分のすきもない適任者である。

二代秀忠も家康の薫陶《くんとう》をうけ、父家康の苦労とともに成長した謹厳な将軍である。

三代の家光――これは、いろいろの風評もあったが、何よりも家康時代からの譜代《ふだい》の重臣たちが生き残っていて、内外の政治にきびしい目をみはっていたから、家光は、将軍として首都の発展、諸国の統制に、あまり汚点を残してはいない。

ところが、これらの幕府創成に当って、家康とともに苦労をしてきた人びとが消えてしまうと、ようやくに〔ゆるみ〕が来た。

人の一生、家族家庭のなりゆき、一国の歴史――すべてはこの順序によってくり返される。

それはまたおそろしいほどに、くり返されて行くのである。

徳川幕府は、汚濁《おだく》にまみれつつ十五代まで存続した。

いかに初代家康のまいた種が優秀なものかが知れよう。

その間、すぐれた将軍も、大老も、老中も出て、中だるみを緊迫させたということもあるのだが……。

家光は、その晩年に当り、

「余は学問の道をきらって今日に至ったことを悔いておる。綱吉はかしこい性質のようであるから、つとめて聖賢の道を学ばせるように」

こんなことをお玉の方、つまり桂昌院にもらしたと言う。

桂昌院が、この言葉を大いによろこび、むやみやたらと綱吉を可愛がり、同時に学問でなくては夜も日もあけぬというような育て方をしたものである。

四代将軍となる家綱に対する競争心もあったろうし、何よりもまず〔素姓いやしき〕身をもって将軍の子を生んだという桂昌院自身のコンプレックスが大きな素因となっていたのであろう。

子供は学問に熱中することなど、あまり好きでないのが本当である。

それが普通であり、その方がむしろ健全な人間になれる。子供のころは、肉体そのものをもって万象《ばんしょう》をたしかめるのがよいのだ。

ところが、綱吉は天性、学問を好んだらしい。

青年時代になると、家来をあつめて経書の講義をして聞かせるほどの学者になってしまった。

学問に淫《いん》してしまったのである。

学問が趣味になってしまったのである。

これが、のちのち綱吉が徳川将軍中のバカ殿様のひとりに数えられるという大因になってしまった。

それはともかく……。

牧野成貞は、この綱吉のよき〔御学友〕となった。

綱吉が学者から講義をうけるときも、日常の遊び相手にも、成貞は影のように主人とともにあった。

成貞も才気煥発《かんぱつ》の上に、好ましい愛嬌のある美男子だから、年下の綱吉にもしたわれるし、ひいては、桂昌院の気にも入られる。

成貞の妻の阿久里は旗本・大戸玄蕃《げんば》の娘で、桂昌院の侍女をしており、桂昌院の仲立ちによって牧野家へ嫁《か》したのである。

「成貞の妻は、きっと妾《わらわ》の手で見つけ出しましょうぞ」

などと、まだ成貞が二十そこその頃から、桂昌院は折りにふれてそう言っていたものだ。

主君ではあるけれども、少年の綱吉と青年の成貞の間には、ごく密度の濃い愛情が流れていた。

さて——学者にはなったが、綱吉の学問は観念だけのものであった。

「仁、義、礼、智、忠……」など、学問の教えをみずから具現しようとすると、それはとんでもないところで芽を吹いてしまうのである。

「孝」といえば、生母の桂昌院のみに向けられる。

他人の「孝」などはどうでもよい。

生母をあがめたてまつることによって、

(余は孝に厚き将軍であるぞ)と思いもし、家来や世人に思わせもしたいわけである。

綱吉将軍になってからのことだが、桂昌院が隆光という怪僧を愛寵し、たまたま綱吉が重病にかかったとき、

「将軍家におかせられては戌《いぬ》の年のお生れにござります。なれば無益の殺生《せっしょう》を禁じ、ことに犬をいたわりなされば、お家はますますご繁栄、ご病気もたちどころに快癒《かいゆ》いたしましょう」

こんな愚劣なことを隆光に言われ、ちょうどうまい具合に、綱吉の病気がなおってしまったものだから、桂昌院はすっかりのぼせ上がり、

「隆光どのの申すこと、おろそかにしてはなりますまい」

しきりに綱吉をたきつけた。

孝道は万物に通ず——である。

綱吉はさっそく、かの〔生類憐《しょうるいあわ》れみの令〕という法律を施《し》いた。

いわゆる〔御犬様まかり通る〕時代が現出したのだ。

貞享《じょうきょう》四年二月に、江戸城中の台所に猫二匹が死んでいたというので、台所頭の天野五郎太夫というものがその責任を問われ、八丈島へ流罪となったりした。

二月十一日に、いよいよ犬について、こんな法令が発せられた。

——飼犬の毛色を帳面にしるし、その犬の見えざるときは他の犬をもって数を合すこと実意なき振舞なれば、今より後は、飼犬見えざるときはなるべく尋ね出すべし、他の犬来りなば、これまた善く畜養すべし——というのである。

三月には、

——鶏をしめ殺し売買すること、いけすの魚の売買を禁ず——ということになった。

病馬を捨てた農民が島流しにされたり、あばれ犬を斬った旗本が八丈島へ送られたり、大変なことになった。

こうなると、学問というものも、げに恐ろしいものではないか。

さて、牧野成貞が桂昌院の仲立ちにより、阿久里を妻に迎えたのは寛文《かんぶん》五年三月であった。

ときに成貞は三十二歳。阿久里は十八歳である。

まだ綱吉は館林の殿様でいて、これは二十になったばかりというところだ。

このころから、綱吉の性格が急激に変ってきたようである。

学問の方にも自信がついてきた。

しかも、綱吉のまわりを取巻くものは阿諛追従《あゆついしょう》のやからばかりだ。

やたらめったに、殿様の学者ぶりをほめそやす家来たちばかりなのである。

桂昌院も悪い気持はしない。

「亡き大猷院《たいゆういん》様（家光）の仰せのごとく、まことにかしこくご成長なされた」

甘やかし放題にしている。

綱吉もまた、

（余は英明なる君主である）

と信じてうたがわない。

したがって、家来たちがちょっとの失敗をしても、なかなかにうるさくなってきた。

「これ、よう聞け。つねづね、余が申しつけたるごとく、その方どもは学びの道をおろそかにしておるから、かような事態をひきおこすのじゃ」

呼びつけて、長々と聖賢の道をのべたて、家来どもの膝が立たなくなるまで、しつっこく説教をくらわす。

そのくせ癇癖《かんぺき》がつのると、法のきびしさをのべたてて、やたらに家来を放逐《ほうちく》したり押しこめたりする。

手討ちにかけられるものも出て来た。

そうして綱吉の癇癖は、いよいよ狂気じみたものに変って行くのである。

これは、前にのべたようにいくら学問をしても、それが納得のゆくような形で身についてこないからだ。

だから、なんとなく心の中がいつも空虚なので、しかもその空虚さがなんであるか、綱吉自身にはまったくわからない。

本に書いてあることをふりまわしてみても、それが本当なのか嘘なのか、日常の生活において、これをたしかめる機会がないのである。

将軍の弟であり、衣食にはむろん事を欠かぬし、わがままはいくらでも通る。まわりのものは皆、綱吉のごきげんに一喜一憂するやからばかりだ。

綱吉の増長ぶりを見て、

(これは困ったことに……)

牧野成貞も非常に苦慮した。

かと言って、

「殿。それはなりませぬ。それはまことの学問ではございませぬ」

などと、いさめるだけの勇気は、成貞あいにく持ち合せていなかった。

そんなことをしたら、永年にわたるご愛顧《あいこ》も、いっぺんに吹きとんでしまうおそれ大いにありだ。

妻も迎え、長女の松子もやがて生れた。老母もそのころはまだ存命していた。

このまま順当に行けば、まだまだ出世の階段を踏みのぼる余地もあることが目に見えてもいる。

現に、阿久里との結婚を機に、成貞は三千石を加増せられ、合せて五千石。館林侯・綱吉の家老職の一人に加えられたではないか。

（なれど、今のうちに、なんとか、殿のお心をおだやかに、ひろびろとしたものに変えて行かねばならぬ）

学問一辺倒だった綱吉の心を、やわらかく解きほぐそうというわけだ。

さしあたっては、まず高尚なる娯楽をあたえるべきだ、と成貞は考えた。

成貞は成貞なりに考えたつもりなのだろうが、まことにこれは安易な考え方である。

娯楽というものの本質は、おのれの力をもって獲得してこそ実も花もあるのだ。日常の闘いに荒れ疲れた心身を、ときほぐしてこそ娯楽の本命がある。

能役者などをあつめ、綱吉に能楽を観賞させたところで、思いあがった性格が変るものではない。

と言って、庶民のするような遊びをさせるわけにも行かず、居酒屋で茶碗酒をのませるわけにもいかない。

（これは、もう女より仕方があるまい）

成貞がそう考えるより早く、成長した綱吉の本能は、女色男色の両方に向けられはじめた。

本も読みあきていたところだから、生身の女体の味覚をおぼえると、綱吉の好色ぶりは桁《けた》はずれのものとなってしまった。

のちに、男女合わせて綱吉に愛翫《あいがん》せられたものは百人余にのぼったと言われる。

寛文十年の冬のことであった。

女色の殿さま

白山御殿とよばれる屋敷の庭で、綱吉がそぞろ歩きをしているとき、小火鉢《こひばち》を抱えて従っていた侍女の一人が、何かの拍子に火鉢を枯芝の上へ落としてしまったことがある。

殿様は庭を歩くときにも、火鉢を連れて歩くわけだ。

ちょっと立ち止まったり、築山の茶屋で休んだりしたとき、すぐに火鉢をもって行く、たばこ盆を出す——バカバカしいほどのものだが、仕方がない。ともあれ、こういう環境の中で、異常なほどの熱心をもって学問をした人間が綱吉なのである。

ところで、その日は風が強かった。

枯芝に落ちた火は、この風にあおられて、めらめらと燃えあがった。

火事になるほどのものではなかったが、つき従う侍女たちは、やたらに騒ぎたてるばかりで、火を消す分別もない。

めらめらが、ぼーっと音をたてはじめた瞬間である。

侍女の中から走り出た少女が、いきなり、着ていた小袖をぬいで炎の上にかぶせ、水差の水をそそいだ。

火は消えたのである。

「ほう。そちは……名はなんと申す」

綱吉、上機嫌であった。

その女中は、まだ屋敷へ上がってから間もないものらしく、長じゅばんの身をすくめて、おどおどしているのが、まことに愛らしく見える。

中﨟《ちゅうろう》の笹島というのが進み出て、

「ようしやった。そなたは早う身じまいをなされ」

少女を彼方《かなた》へ押しやった。

「笹島。あの女、何ものじゃ？」

「はい。あのものは小谷権兵衛の娘、伝と申すものにござります」

小谷権兵衛は十俵一人扶持の黒鍬《くろくわ》もの（将軍の草履《ぞうり》とりや、荷物の運送などに働く役目）であったという。

「ふむ。さようか」

「御殿へ上がりましてから、いまだ日も浅うございまする」

「ふむ」

「桂昌院様お付としてご奉公に……」

「何、母上の……さようか。で、何歳になる？」

「十三歳にござります」

「ふうむ……年若きものに似ず気転のききたるふるまい。その方たちも見習え」

綱吉は、そうほめあげた。

まだ乳房のふくらみもほのかなお伝の、青い木の実のようなからだつきが、綱吉の食欲を大いにそそった。

その日から、綱吉は、しばしば白山御殿内にある桂昌院の居館を訪れるようになった。

「成貞。近う」

数日して牧野成貞が綱吉によばれた。

「成貞。母上のお付女中にて伝と申すもの、存じおるか」

「はい」

「可愛ゆげなる女、余の手もとで使いたい。母上に申しあげてくれい」

「はッ」

早くも成貞は主君の意あるところを察した。

間もなく（翌年になってからだが）お伝は中﨟格に引き上げられ、名も〈豊田〉とあらためさせた。

お付家老としての成貞が一存できめたことだ。

中﨟ともなれば、いつ綱吉の寝所へ侍《はべ》ってもおかしくはないことになる。

桂昌院も、気に入りの牧野成貞のすることなら文句は言わない。

やがて、お伝は綱吉の側妾《そばめ》となり、十九歳のころには鶴姫を生み、二十一歳には徳松丸という男子を生んだ。

綱吉の奥方は鷹司《たかつかさ》関白家から迎えた信姫というひとだが、病弱で一人も子を生まなかった。

だから、のちに綱吉が将軍となったとき、お伝の権勢は大変なものとなったし、これを綱吉に取りもった牧野成貞も、江戸城大奥の女権を背後にして、有利に出世街道をすすむことができるようになる。

綱吉の女色・男色ぶりは日を追うて無茶苦茶なものとなって行った。

(こうなればもう仕方あるまい)

成貞もあきらめてしまった。

あきらめは立身出世への欲望と変った。

むずかしい理屈ばかり言いたてて、やたらに家来を叱りとばす綱吉も女あさりに眼の色を変えているときは、すこぶる機嫌がよい。

(この方が、まだしもましであろう)

成貞ばかりか他の家臣たちも思いは同じであった。

ところが、火の粉は思いがけぬところへ降ってきた。

白山御殿の庭で、綱吉がお伝に見とれてから三年後の延宝《えんぽう》元年四月――。

「成貞の妻を奥へ入れよ」

と、綱吉の命が下った。

成貞も愕然《がくぜん》となったが、もう遅い。

このとき、成貞夫婦は長女松子のほかに、安子、亀子の二人をもうけていた。

妻の阿久里は二十六歳の女ざかりだ。

その美貌は評判のものであり、綱吉も、母桂昌院の部屋にうかがっている阿久里を偶然に見たときから、

（これは！）

好色の思いをつのらせ、もう我慢をしきれなくなったものらしい。

学識をほこる殿様が、家来の妻を奪いとろうというのである。

あきれはてたものだが、こうした例は現代にもあるのだ。

つい数年前のことだが、日本のある小都市で、殿様を小さな会社の社長におきかえ、家来を社員におきかえただけで、三百年も前に綱吉がやり、成貞がやられたことと同じことが行われた事実がある。

もちろん、阿久里は悲嘆にくれた。

成貞だって、まさか自分のところへまで手がのびてこようとは思ってもみなかったことだ。

「自害をいたします」

阿久里は蒼白となった面《おもて》に決意をみなぎらせて、夫に迫った。

「待て」

「待ったとて、どうなりましょう」

「なれど……」

「このような恥を、うけよと申されますのか」

「……三人の子のことを考えてみよ」

「夫婦、親子とも死のうとも……」

「牧野の家をつぶしてもか……？」

戦国の世に「そちの妻を伽《とぎ》に出せ」と主人から命ぜられ、決死の覚悟で主人に斬りかかったものもあるそうな。しかし、その時代の武士の魂などは、この時代になると、どこかへ消しとんでしまっている。

成貞だって、武芸の稽古《けいこ》などには余り縁がなかったし、しようとも思わなかったほどだ。

それに、牧野成貞のような神経も細く、心情もやさしい男に、それをのぞむのは無理であった。

「と、殿の仰せじゃ、そ、そむく……そむくことはなるまい」

ついに成貞は最後の言葉を妻にあたえた。

「ま……」

阿久里は、ぴくぴくと面をけいれんさせ、憎悪の視線をきびしく夫に射つけた。

「許せ……許せ」

成貞は、もうあやまるより手がなかった。

牧野成貞は、このとき四十歳である。

若きころの、主人綱吉を名君たらしめるべく励み苦しんだ情熱もおとろえてしまっていた。

それに、近ごろは、柳沢吉保《やなぎさわよしやす》という近習《きんじゅ》がたくみに綱吉へ取り入り、今までは成貞ひとりがこうむっていた愛寵の半分ほどは柳沢に持って行かれそうな気配がある。

当時、柳沢吉保は十六歳で弥太郎と名のっていたが、七年後の延宝八年に綱吉が将軍となったとたん、いちやく五百三十石の小納戸《こなんど》役《やく》にぬきあげられたほどだから、おっとりした成貞の十六歳のころとは、くらべものにならぬ才気がみなぎっている。

十歳で小姓に出たころから、ひたすら綱吉の顔色をうかがい、ただの一度も、あのうるさい綱吉から叱責をうけたことがなかったと言う。

おまけに学問好きの綱吉が手をとって教えると、懸命に勉学して、めざましい進境ぶりを示すのである。

成貞は十二も年上の家来だったし、綱吉はむしろ成貞の助けをかり、少年のころは学問をした。

ところが、柳沢吉保は綱吉にとって第一号の弟子だったわけだし、教えるとすぐおぼえるというありがたい弟子なのである。

「弥太よ、弥太よ」

可愛くてたまらない綱吉であった。

(これは……?)と成貞も考えこんでしまった。

今でこそ大人と子供だが、あと十年もすれば、老人と大人になってしまう。

(それのみか、弥太郎はわしを蹴落として、殿の御袖にすがろうとしておるな)

成貞は不安になってきた。

こういうところへ「そちの妻をよこせ」と、殿から言われたのである。

今までにものべてきたように、牧野成貞という人は気のやさしい線の細い人柄なのである。

権勢の争いに割って入り、謀略をほしいままにして、活躍するというタイプでは本質的にない。

それが、柳沢吉保という少年のころから、ひとくせもふたくせもあるやつに、主人の愛をもって行かれそうになり、このライバルと心なくも争うという、いたって柄にないことをやらなくてはならなくなってしまったわけだ。

「あなたさまも、わたくしとともに……」

なおも、死んでくれと妻に迫られても、

「ともかく、よく考えてからにせよ」

と答えるのみであった。

悲しくて口惜しいが、どうにもならない。

主君の命である。ことわれば罪は一家のものことごとくに及ぶ。

それに、二十何年も綱吉のわがままを、ほとんど自分の手ひとつで、さばいてきた牧野成貞であった。

わがままをいれてやることが本能となり習慣となってしまっている。

(眼をつぶれ。今までも、なん百回となく眼をつぶって、殿さまをあやしてきたのではないか……)

またも、あきらめである。

せっかくここまで出世した自分を、牧野の家を、妻の誇りと引きかえに破壊してしまうことなど、とても、できそうには思えなかった。

ふっと苦笑をもらして、成貞は愕然となった。

この悲劇の最中にあって、なんのための苦笑か……？

いたずらっ子に、手をやいている父親のような気分になっていたものと見える。

一夜あけると、阿久里もあきらめたらしい。

彼女にとっては、何よりも三人の娘たちの安全がのぞましかった。

たのみに思う夫の成貞が煮え切らない上は、どうしようもない。

自分ひとりが自殺しても、娘たちは夫とともに、綱吉から手ひどい報復を受けずにはすむまい。

「わたくしは、御殿へ上がりまする」

翌朝になって、阿久里は成貞にそう言った。

「おお、行ってくれるか」

飛びあがらんばかりの安心に、成貞は思わず妻の手をとった。

「許せ」

阿久里は夫の手をふりほどいた。白い能面のような顔であった。

「あなたさまのおために行くのではございませぬ。わたくしは、娘たちのために、生けるむくろとなってまいるのでございます」
こうして、阿久里は綱吉の愛翫《あいがん》をうける身となった。
牧野成貞には備後守に任ぜられ、三千石の加増があった。
だが、まだ早い。
これからのち、綱吉は、もっと破廉恥《はれんち》なことを平気でやってのけるのである。

妻帰る

延宝八年五月――。
四代将軍・徳川家綱が危篤《きとく》におちいった。家綱には世子がない。
大老の酒井忠清《ただきよ》は、
「鎌倉幕府の古例にならい、皇族の一人を乞うて将軍位を継承していただこう」
と老中たちに向かって言い放った。
有栖川宮《ありすがわのみや》を迎えようというのだ。
むろん酒井は、家綱に綱吉という弟があることは知っている。

しかし、綱吉には老中の堀田《ほった》正俊がついている。

幕閣における酒井と堀田は、館林家における牧野成貞と柳沢吉保のようなものだ。

ここで、酒井と堀田の争いが起った。

酒井忠清の権勢は幕閣にならぶものがない。

酒井の説に、ほとんどの老臣が従いかける中にあって堀田は敢然《かんぜん》として反対した。

今こそライバル酒井を叩きつぶすときだと決意したのであろう。

「館林侯（綱吉）は将軍家の実弟であられる。正統の後嗣《こうし》まさにこれなり。皇族をわざわざ迎えたてまつるなど、まことにもって、ふしぎ千万！」

まさに堀田の言うとおりだ。

酒井忠清の権勢をもってしても、この正当の理をくつがえすわけにはいかない。

おのれの威勢をもって押し切ってしまおうとしたのだが、一人でも反対されれば理にかなわぬ酒井の説得は、どうしても無理であった。

実は――このとき、家綱の愛妾お丸の方の腹の中に子がいたのだ。いたのだが生れてはいない。男か女かもわからない。

（生れるまでお亡くなり遊ばさぬよう……）

酒井は必死で祈ったろうが、間もなく家綱は死んでしまった。

その前に、堀田正俊はすばやく綱吉を江戸城中にまねき、家綱と対面させ、家綱からの認可をとってしまったのである。

綱吉は八月に将軍宣下《せんげ》をおこない、たちまちに酒井忠清を追い払ってしまった。

大手門外にあった酒井の宏荘な邸宅を綱吉は没収し、これを堀田老中にあたえた。

権力を得れば、それにふさわしい邸宅をあたえ、権力を失えばこれを取りあげる。

当時にあって、大名の邸宅は〔権力の象徴〕であった。

ただ一人、酒井の権勢に刃向かい、自分を立ててくれた堀田正俊の功労を綱吉も無視するわけにはいかない。

堀田は酒井にとってかわり、幕政を一手に牛耳《ぎゅうじ》ることになった。

そして……。

綱吉が将軍となるや、牧野成貞は一万石の加増をうけ、側用人となった。

西ノ丸下の立派な屋敷も拝領することができた。

献妻《けんさい》の効果、絶大なるものがあったと言える。

だが、綱吉が阿久里を愛翫した期間は、ごく短かったようだ。

阿久里は死んだ気でつとめているのだから、綱吉の変態的な愛撫にも、なんら反応をしめさない。

(思いのほかに……)

つまらなかったと、綱吉も思ったのであろう。

(やはり、お伝の方がよい)

お伝は愛嬌こぼれるばかりのサーヴィスを惜しみなくふりまいてくれるし、からだも肌も阿久里とくらべて、若々しいのは言うまでもなかった。

(阿久里は、どうも手におえぬ)

天和元年の春に、阿久里は牧野屋敷へ帰された。

綱吉からは莫大な慰労の金銀や品物がとどけられた。

さすがの綱吉も、うしろめたかったのであろう。

「成貞に一万石加増せよ」

というわけだ。戻って来た妻を迎えた成貞は、

「苦労であった」

頭をたれて、ねぎらった。

阿久里は答えず、別棟に当てた自室へ引きこもってしまった。

以来、夫婦の間には氷のような言動が交されるのみで、寝所をともにすることは二度となかった。

翌年、牧野成貞は綱吉から、またも一万石の加増をうけた。

七年後の元禄元年には、七万五千石となり、下総《しもうさ》・関宿《せきやど》の領主となった。

このあたり、綱吉は、しきりに成貞の機嫌をとっている。

牧野成貞は、お城へ上がって綱吉のそばちかく仕えていても、以前のように機嫌をとりむすぶようなことはしなくなった。

（もう、どうでもよい）

暗い、水の底のような家庭生活なのである。

出世するということは、こんなものなのか……。

哀しい無常感につつまれ、成貞はあたえられた仕事を黙念とやるのみで、あとは無駄な口ひとつきかぬ男になった。

それなのに、綱吉の方がむしろ気を使って、どんどん引き立ててやる。

出世への欲望が消えたのに、スムースな出世街道を成貞は歩きつづけるのだ。

皮肉《ひにく》なことであった。

阿久里の、ひややかな人形のような肉体を抱いてみて、綱吉も牧野夫妻に自分がおこなった所業がどんなものか、おぼろげながらにでもわかったものと思われる。

このころ、あの柳沢吉保も、成貞と同じ側用人となり、一万二千石を食《は》むに至った。

ときに牧野成貞は五十五歳。柳沢吉保、三十一歳である。綱吉も四十三になっている。

この分別ざかりになって、綱吉という将軍は、またも不可解なことを仕出かした。

この事件は、あきらめの早い温順な牧野成貞に痛烈な打撃をあたえ、人生のむなしさを、いやというまで思い知らせてくれた。

そして成貞は、はじめて綱吉に向かい、消極的ながら懸命に反抗をこころみるのである。

二度の養子

すでに記したように、牧野夫妻には、これまで男子の出生がなかった。

よって牧野成貞は、天和三年の秋に、養子を迎えた。

もと館林家の家老をつとめていた黒田三十郎用綱《もちつな》の次男・惣右衛門《そうえもん》がそれである。

これを成住《なりずみ》と名のらせ、成貞は次女の安子と夫婦にし、自分の後嗣とした。

長女の松子は病弱であったから、次女の聟《むこ》としたのだ。

新郎は二十三歳。新婦十九歳であった。

将軍となって三年目の徳川綱吉は、この牧野家の婚礼を祝い、多大の贈りものをとどけさせた。

「めでたい。めでたいの、成貞」

城中でも、しきりに機嫌をとる。

「別に……」

「いや。これで牧野の家も安泰じゃ。余も満足に思う」

勝手にしやがれと言いたいところだが、成貞も、

「ありがたきお言葉をたまわり、恐悦至極に存じたてまつりまする」

口先だけで受けておいた。

このときはまだ、綱吉の胸に、あの怪《け》しからぬ考えが浮かんでいたわけではない。

何しろ安子の顔を見たわけでもないのだ。

ところが……。

元禄元年四月十八日に、綱吉は突然、城を出て親しく牧野邸を訪れた。

これをもって、将軍が家臣の屋敷を訪れた初めと、史書は記してある。

つづいて二十二日には五丸様、すなわち、お伝の方が三丸様（桂昌院）とともに牧野邸を訪れ、九月三日、十一月十八日と、つづけざまに、またも綱吉が遊びに来た。当時として破格の光栄だ。いかに成貞が将軍の寵臣といえ、将軍みずから駕《が》を枉《ま》げて家臣の邸宅に臨第《りんだい》するということは、大変なことであったらしい。

これも、その〔光栄〕を成貞にあたえてやろうという綱吉の気持だったのだろうが、

「ほほう……」

牧野邸へ来て、まず綱吉の眼が安子にとまった。

成貞夫婦とともに、もてなしをつとめている安子を見て、

「備後。あのものが、そちの娘であったのか」

「はい」

「何歳になる？」

「二十四歳に相なりまする」

成貞は、なんだか不安になってきた。何歳になると綱吉がきいたとき、かならず後のものが来る。

「子は？——ふむ。まだであったの」

「は……」

ちらりと綱吉を見やったとき、

（これは、いかぬ）

成貞は、どきりとした。

奥庭に面した広間で綱吉を饗応《きょうおう》しているわけだが、かなたに、侍女をしたがえて控えている安子は、母の阿久里、父の成貞という美女美男の結晶だから、むろん美しい。

しかも豊満で大柄な、まことにふくよかな美女であった。

これが結婚後五年目の人妻の色気をただよわせて、眼前にあらわれたのだから、

（ふむ……）

綱吉の双眸は、たちまちに光りを帯びてきた。

世は、まさに泰平であった。

幕府創成以来、数十年にわたって内には諸国大名の謀叛《むほん》もなく、外には、寛永の鎖《さ》国令《こくれい》あってより攻めて来る敵国もない。

経済はふくらみ上がり、今でいうレジャー・ブームみたいなものが、将軍から大名から武士から町人に至るまでを押し包んでいたのだ。

綱吉もたまには、侍臣のみか在府の諸大名を集めて〔中庸《ちゆうよう》〕や〔論語《ろんご》〕の講義をおこなったりして得意になっていたが、何しろ退屈である。

決まりきった日課をくり返すだけの将軍生活であった。

本も読みつくしたし、能楽にも飽《あ》いた。

残るところは官能の追求のみである。

江戸時代の将軍や殿様が、やたらに側妾をこしらえて子を生ませるのも、つまりは退屈の一語が素因となっている。

四月の臨第のときは、おとなしく帰った綱吉だが、九月三日、十一月十八日のどちらかに、またも牧野邸へやって来て、

「そちの娘に茶をたてさせよ」

などと命じたものらしい。

奥庭の茶室で、綱吉は安子がたてた茶を喫《きつ》した。

このときに何かあったのか、それはわからぬが、以来、数日のうちに、安子は江戸城大奥へ呼びつけられ、夜に及んで帰邸させられるという事態が起った。

聟の成住は、自殺した。

そして翌年には、安子も（あんなに健康だったのに）病死している。

（いかに上様といえども、あまりな御仕打じゃ！）

牧野成貞も阿久里も、可愛らしい安子は掌中《しょうちゅう》の玉のようにして育ててきただけに、その絶望と忿懣《ふんまん》は察するにあまりある。

ことに聟の成住が、敢然と自殺して将軍への反抗をこころみたことは、成貞に強烈なショックをあたえた。

かつて、妻を奪われたときの自分の温順さが、今さらのようにかえりみられたのである。

阿久里と成貞は、親としての悲哀の共感をもって、このとき、阿久里帰邸以来はじめて手をとり合って泣いた。

このことを聞いて、綱吉も困ったらしい。

安子の死は翌元禄二年九月三日ということになっている。

綱吉へ当てつけがましくない処置をとったわけだが、このとき、

（わしは隠居をしよう）

牧野成貞は、もう柳沢吉保と張り合って、権勢の階段をどこまでも踏みのぼって行こうという気力もなくなってしまった。

綱吉は、この後、約一年ほど牧野邸を訪れなかったが、元禄二年十二月十日に輪王《りんのう》

寺《じ》門主・公弁法親王《こうべんほっしんのう》を牧野邸に請待《しょうたい》し、安子の追福をいとなんだ。

それのみか、五万三千石の牧野成貞は二万石を加えられ、七万三千石となり、老中並の扱いをうけることを許されている。

『続藩翰譜』にも――成貞藩邸よりの耆老として、さこそたのもしく思召人には有けれど、あらわれたることときこえずしてわずか四年が程に、かくまで登庸せられし事、有がたき恩遇とこそ申べけれ――とある。

なんの手柄も働きもないのに、出世しすぎるというわけだ。

このあたりは、柳沢の権勢も牧野には及ばない。

綱吉も二度にわたって、官能のおもむくまま、無理無体なことをしてしまったので、いくらなんでも心にとがめたものであろう。

またしても、やたらに牧野成貞のきげんをとりむすぼうとしているようだ。

綱吉のみか、桂昌院もお伝の方も、たびたび牧野邸を訪れている。

けれども、こんなことで牧野夫妻の悲しみは消えるものではなかった。

「成貞に養子させよ」

今度は養子をとれと綱吉が命ずるのである。

「おことわり申しあげまする」

今度は成貞もキッパリとことわった。

いくら主人でもあんまりである。

自分の手で養子夫婦を死なせるようなことをしておき、その尻《しり》ぬぐいに新しい養子をあたえようという。それで自分がしたことが消えるとでも思っているのか……。

「牧野家は断絶となりましても、私めは悔むところではございませぬ」

成貞は、慰撫《いぶ》に来た桂昌院にそう言っているのだ。

「なれど、成貞どの。せっかくの、上様《うえさま》のおぼしめしであるから」

「いや、おことわり申し上げまする。私めは前に聟をとり、娘とめあわせましたが、不幸にして……不幸にして夫婦ともに死歿いたしました。これは、天が牧野家を絶たれようとの意あってのことと存じまする。この上は、たとえ君命といえども、私は天命にさからい、後嗣のものを迎えようとは思いませぬ」

桂昌院も困り果てて、今度は阿久里を説得にかかった。

「わたくしも、夫成貞の申しましたるに同意でございます。牧野の家は断絶するが天命。この上、養子などを迎え、ふたたび不幸をまねきたくはございませぬ」

阿久里も厳然たる態度で断わる。

しかし、桂昌院は断念しなかった。

息子の綱吉の所業がどんなものか、すでに老年に達した彼女は、さすがに眉《まゆ》をひそめていたものであろう。

元禄三年、四年、五年と、桂昌院は綱吉にもすすめ、みずからも足を運び、お伝の方までも動員し、しばしば牧野邸を訪れ、成貞夫婦を説得、慰撫しようとつとめている。

屋敷も、和田倉門の、より宏大なところへ替えてやったりしている。

成貞も阿久里も、根負けがしてきた。

将軍が、生母とともに家臣の屋敷へ足を運ぶこと合せて三十二回。桂昌院のみが五回という家臣にとっては未曾有《みぞう》の栄誉なのである。

「上様のことは、私も放念している。私はただ、牧野の家をほろびさせるに忍びない心のみじゃ。成貞どの。上様のことは別にして、私のみの一存で養子を迎えてもらいたいと願うておるのじゃ」

桂昌院も、子供のときから可愛がっていた成貞である。

息子のために、牧野家がこんな不幸に見舞われようとは思ってもみなかったことだ。

「のう成貞どの。たのみます。この通りじゃ」

涙をうかべて、今は往年の美貌も見るかげもなくなった桂昌院が、白髪をたれて手を合せるのである。

とうてい、このしつっこさには、勝ちきれる成貞ではなかった。

元禄八年二月——。

「おうけつかまつりまする」

ついに成貞は、桂昌院の熱誠に負けてしまった。

晩年の恥

桂昌院が牧野の後嗣にえらんだのは、家臣・大戸半彌の次男である。

これが成春となって牧野家を嗣《つ》いだ。

成貞夫妻は養子成春へ、すぐさま家督をゆずりわたし、城東の隠宅へ引きこもってしまった。

「病患ただならず、この上は御奉公もなりかねますので……」

と、これが隠居の理由である。

ときに牧野成貞は六十二歳であった。

以後——綱吉の愛寵はもっぱら柳沢吉保ひとりにしぼられて行く。吉保はこのときとばかり、綱吉を懐柔《かいじゅう》した。

吉保の愛妾お染の方が生んだ吉里という子供は、実は綱吉の子であったといわれている。牧野成貞夫妻にあたえた綱吉の所業から見れば少しもおかしいことはない。ともあれ、吉里が生れたとたんに、柳沢吉保は、一躍一万石の加増をうけ、大名に列した。吉里三歳になった元禄三年には二万石。五年十一月に三万石。七年正月に一万石と次々に加増あって、吉里が十八歳になった宝永二年には、ついに二十二万七千六百石という大大名に成り上がり、甲斐の領主となってしまった。

これは甲斐宰相の徳川綱豊が、綱吉発病のため江戸城に迎えられて、六代将軍となるため、綱吉の養嗣《ようし》となったからである。

綱豊は、綱吉にとっては甥《おい》にあたる。綱吉が、お伝の方に生ませた男子は早死していて、世子がない。綱吉は桂昌院とはかって、ついに甥の綱豊を甲府から迎え、家宣《いえのぶ》と名をあらためさせ、嗣子にしたのである。ここで、あの吉保の子の吉里が問題となる。

もし、吉里が綱吉の子なら、この場合は、柳沢吉保の献妾が生んだ宝物である。将軍継嗣《けいし》をめぐって一騒動あるところだ。

かの「柳沢騒動」のゆえんもここに存在するが、どこまで本当なのかは、綱吉や吉保の霊にきいてみなくてはわかるまい。

また、吉里は、もともと綱吉の愛妾が生んだ子で、これを母子もろともに柳沢へたまわったという説もある。

けれども、六代将軍位をめぐっての暗闘は、江戸城大奥の、さまざまな権力が入りみだれ、すさまじい様相を展開したことはたしかであろう。甲府から迎えた家宣のあとに、破格の抜擢《ばってき》をして柳沢吉保を入れてやった綱吉の配慮なぞは、微妙なところだ。

ここまで書いてきて、五代将軍綱吉という男は、箸《はし》にも棒にもかからぬ将軍に思われるし、ある意味では、そのとおりだ。

ただ、学問好きな将軍であったため、学問を大いに奨励し、学者を優遇したり、法律の整備をおこなったり、皇室への尊崇《そんすう》をたかめたりした。このことがどんな芽を吹き、どんな結果をもたらしたか――おそらく善悪両方の影響があったろう。よいことをしたつもりでも、綱吉のやることは、今までものべてきたように、いつも一人よがりであり、観念的なものにすぎないのである。

かの、赤穂《あこう》浪士の仇討事件などもそれであった。

ああいう事件をひき起し、将軍としての醜体《しゅうたい》をさらしたのは、綱吉の政治力が、感情的で散漫《さんまん》なものであったからだ。

歳月は、またたく間に流れた。

宝永六年正月……。綱吉はついに歿した。六十四歳である。綱吉が死ぬと、たちまちに、柳沢吉保は権臣の座を失ってしまった。

綱吉が生きているうちは黙っていた家宣も、いよいよ六代将軍となったとき、柳沢をそのままにしてはおかなかった。

柳沢吉保も早くからこのときのことを思い、しきりに機嫌をとりむすぼうとかかったが、だめであった。

側用人をしていた息子の吉里もやめさせられてしまった。

家宣はまず、綱吉が残して行った悪法〔生類憐れみの令〕を廃し、〔悪貨改鋳〕の令を下したりして、新政を施《し》き、綱吉時代の治政の匂いを一掃しはじめた。柳沢吉保は、官職をすべてはぎとられた。吉保は、すごすごと、巣鴨《すがも》の別邸に閑居せざるを得ないことになったのである。子の吉里は、甲斐の領主となることはなったが、とたんに二十二万石から十五万石に禄《ろく》をけずられてしまった。

それでも、まだよい方だ。家宣将軍が、もっときびしい人柄であったなら、この程度ではすまなかったろう。

こうした、あわただしい時勢の流れをよそに、牧野成貞は、隠居暮しをどんな気持で送っていたのだろうか……。

桂昌院も、綱吉も死んだ。妻の阿久里も、すでに世にはいない。

「この年まで生きて、わしは何ひとつ生甲斐《いきがい》をおぼえたことはなかった。何ごとにも用心ぶかく、何ごとにもさからわず、ひたすら、亡き常憲院様（綱吉）への奉仕のみにはじまり、終ってしもうたのが、わしの一生じゃな。自分というものは必ず死ぬものじゃということを、わしは、もっと若いころから身にこたえて知っておくべきであった。そうしたら、もっと……もっと、思いきった生き方もできたであろうし、生甲斐をおぼえた一生を送れたであろうに」

牧野成貞は、よく老臣の本田嘉平次にもらした。

「人の一生は長い短いではないのう」

「はい」

「どう生きるか、どう生きてきたかが、人の一生をきめる。わしなぞは、死神がそこまで迎えに来てから、はじめて、ああ、自分の一生はたばこの煙りのようなものじゃと思い至り、何のためにこの世へ生れ出たものか、つくづくと情ない気持がする」

「…………」

「じゃが、嘉平次。もう遅い。遅いわえ」

さびしげな笑いをもらし、成貞は、

「なれど、わしのからだは、よくよくの丈夫にできていると見ゆるな。八十に近い今日まで、うねうねと、だらだらと生きのびてまいったが、つくづくと、わしは、おのれの長命を恥ずかしいと思うておるのじゃ」

「人間だれしも、同じようなものではございませぬか」

と、嘉平次は慰めた。成貞は酒もあまりたしなまず、女色に耽《ふけ》ることも昔からなかった。だが、晩年は、さすがに淋しい日常だったのであろう。七十七歳になって若い侍女に手をつけたら、簡単に男の子が生れてしまったのだ。

「わしは、恥ずかしい」

成貞は、嘉平次の前で面を赤らめた。

「何を仰せられますのか。まことにもって、おめでたきことではございませぬか」

「この年になって、子をもうけようとはな……しかも、皮肉にも男の子じゃ。阿久里との間には一人ももうけることが出来ず、そのために、養子の成住にも娘の安子にも、つらい思いをさせた。それなのに、今になって、男の子が……」

牧野成貞は、正徳二年六月五日に歿した。寿七十九歳。まれに見る長命を保ったわけである。

牧野家にては、その後、いくたびか行われた中央の権勢交替も、なんら異常を呼ばなかった。養子の成春は、八万石の大名として三河・吉田を領したが二十六歳で歿し、そのあとは子の成央《なりなか》がついで安泰であった。七十七になってもうけた男子・貞通は、後年、常陸《ひたち》・笠間の藩主となり、奏者番・寺社奉行・京都所司代などの要職を歴任している。それもこれも、

「わしは無能で、心の弱い男であった」

と、晩年に述懐した牧野成貞の人柄が、かつては、綱吉の側近にあったときから、あまり敵をつくらなかったためであろう。牧野成貞の生き方は、成貞自身にとってあまり後味のよいものではなかったろうが、その子孫には、よい影響をもたらしたというわけであった。

清水一学

主人の喧嘩

愛宕権現《あたごごんげん》の境内《けいだい》は、桜も七分咲きで、花を見がてらの参詣人も多い。

吉良《きら》家の中小姓《ちゅうごしょう》をつとめている清水一学《いちがく》は、境内の茶店で、姉のおまきと共に休んでいたが、花曇りの空の下を本堂の方から流れてくる人波の中に、奥田孫太夫《おくだまごだゆう》の姿を見出《みいだ》して、

「奥田殿。孫太夫殿——清水です」

立上って手を振った。

孫太夫は振向き、ちょっと戸惑うような気配《けはい》を見せたが、

「しばらくだったなあ、一学——」

渋い笑顔で応《こた》え、近寄って来た。

奥田孫太夫は、播州赤穂《あこう》の領主、浅野内匠頭長矩《たくみのかみながのり》の家来で、俸禄百五十石、馬廻りをつとめる中年の武士である。

一学と孫太夫は、共に、市ケ谷にある堀内源太左衛門《ほりうちげんたざえもん》の門下で、折紙《おりがみ》つきの冴えた腕前だった。

「国もとの姉が江戸見物に出てまいりましたので、その案内に――」

姉のおまきは、色の浅黒い、骨太のガッチリした体つきだが、弟の一学そっくりの大きく見張った双眸《ひとみ》が、三十を越えた今も美しい。

「藤作《とうさく》――いえ、一学の姉でござりまする。弟が何時《いつ》もお世話さまになりまして……」

孫太夫が丁寧に礼を返すと、おまきは、ただもうドギマギしてしまい、ペコペコと頭を下げるばかりだ。

吉良家領地である三河幡豆郡《はずごおり》の百姓の伜《せがれ》に生れた弟が、孫太夫のように立派な武士と親しく交際をしているということを知って、おまきは泣き出したいほどに嬉しかった。

「奥田殿は御参詣ですか？」

茶店前の腰かけに請《しょう》じながら、一学が訊《き》くと、孫太夫は、ふっと眼を閉じ、

「殿様御役目が無事に相済むようにと、去る十一日より、お勤めの暇《ひま》をぬすみ、祈願をこめにまいっているのだ」

「あ――この度《たび》の御役目のことですな」

一学も、すぐに気がついた。

三日前の三月十一日に、京都から勅使が江戸へ着き、浅野内匠頭は、伊予《いよ》吉田の領主、伊達宗春と共に、勅使饗応《きょうおう》役を、将軍綱吉から命ぜられている。

一学の主人、吉良上野介《こうずけのすけ》は、高家衆《こうけしゅう》の筆頭である。上野介が、饗応役に就いた大名の指導に当ることは恒例《こうれい》になっていた。

例年のことだし、馴れ切った儀式の差図をするだけのことなので、それほど緊張もしていない上野介の淡々たる日常は、勅使が江戸へ着いてからも変ることはなかった。

「姉が来ておるそうじゃな。折角の江戸見物ゆえ、ゆるゆると屋敷に滞在させよ」

と、昨夜も居間に呼ばれ、一学が上野介から暖い言葉をかけてもらっている。

それだけに、一学は孫太夫の胸のうちなどを気にかけることもなく、

「まず一献《いっこん》――」と、懐かしげに盃をすすめた。

孫太夫は、手をあげて、キッパリと断わった。

「いや、今日は飲まぬ」

芝の愛宕山頂にある、この境内からの眺めは江戸一番の美景と言われている。

武家屋敷や町家の屋根屋根の彼方には、江戸城の天守も望まれ、海も見えた。境内にも門前にも、茶店《ちゃみせ》が軒を連ねて、毎月二十四日の縁日《えんにち》には大変な賑《にぎわ》いになる。

「何故お飲みにならんのですか？ よろしいでしょう。一献だけ、一献だけです」

一学も、少し酔うと、しつっこくなる。

もう少し量が入ると顔が青くなる。

それ以上になると、いくら飲んでも切りがなくなり、酒乱に近い暴れ方をする。

これは父親ゆずりのもので、吉良上野介の寛容《かんよう》さがなければ、とうに追払われても よいような失敗も数度やっている一学だ。

おまきもそれを知っていて、はらはらしているのだが、一学は気にかけない。

近頃では限度もわきまえ、一定の量まで飲むと、ピタリと盃を捨てられるという自信がある。

尚《なお》も、盃をとってすすめる一学の手を、孫太夫が荒々しく払った。

「いらん」

（おや――？）

何度も一緒に飲み合ったことがあるだけに、一学も何時にない孫太夫の挙動を不審に感じたのである。

すぐに、孫太夫は態度を改め、

「失礼した。また会おう」

「お顔のいろがすぐれません。どうかなさいましたか？」

「いや、別に——」

何か変に、よそよそしい孫太夫だ。何時もの、ざっくばらんな——百姓上りの一学を、むしろ対等に扱ってくれ、親切に文武の指導をしてくれる孫太夫ではない。

「お待ち下さい。気にかかる。あなたは何時も、そんな眼で、手前をごらんではない」

「そうか——」と、孫太夫は嘆息した。

「おれの修行が、まだ至らぬと見える」

「どうも気になっていかん。わけを——さ、わけをお聞かせ願いたい」

おまきが、しきりに一学へ（失礼するな）と眼顔で知らせようとするが、一学は、もう夢中だ。

生れつき気働きも細かい方だし、その怜悧《れいり》な性格を吉良上野介にも見込まれただけに、心から兄事《けいじ》している孫太夫の不審な挙動をそのままにはしておけなかった。

孫太夫は、じいっと一学を見た。

「おぬしとは道場でも、とりわけ仲の良い剣術友達だ。おぬしを恨むところはさらにないのに――」

孫太夫は思わずこう洩《も》らして、ハッとうつ向いた。

「恨む？　恨むとはまた何をです？」

「おぬしの主人をお恨みする気持が、思わずおぬしの顔を見たときに出たものと見える――いかぬ。おれはまだなってはおらん。許してくれい」

一学はおどろいた。

「奥田殿。何故あなたは、手前の殿様を恨むのですか？」

「おればかりではない。浅野家中《かちゆう》のものは皆……」

「何ですと――？」

「いかぬ。思わず口走った。これで失礼する」

「きき捨てになりません。ぜひともうかがいたい。うかがうまでは離しません」

一学は孫太夫の前へ廻り、その両腕を摑んだ。

「藤作!!」

おまきは一学の少年時代の名を呼び、

「御無礼をしてはならんぞな」

一学は構わず、孫太夫を、茶店の中にある腰かけまで押して来ると、鋭い口調で、

「奥田殿。あなたと手前の間柄で、何故、歯にキヌを着せるようなことを言われます」

孫太夫も心を決めたらしく、腰かけにかけると、やり場のない憤懣《ふんまん》を一気にぶちまけて、

「では言おう。此度《このたび》の御役目を受けてより四日の間、わが主君、内匠頭は、殿中に於て、事々に、おぬしの主、吉良殿から目に余る 恥《はずかしめ》 目を受けておるそうだ」

「何ですと――？」

「その理由はな、吉良殿のお指図を願う為、浅野家より挨拶《あいさつ》に出向いた折の贈物が粗末だというのを根にもって、吉良殿は、事々に意地の悪いお指図だそうな――わが殿も、この四日の間、ともすれば殿中に於《お》いて大恥をおかきになる羽目を、何度も危く、しのがれてきたのだ」

一学は、ことの意外さに声も出なかった。

そうした噂は吉良邸内でも耳にしたことはない。

上野介も何時もと変りなく出仕し、帰って来るだけで、浅野内匠頭のことなどはお

伽《とぎ》に呼ばれる一学にも語ったことはない。

「そりゃ何かの間違いだ。手前殿様は、そ、そんなお方ではない。ある筈《はず》がない」

「そりゃな、おれの主人も名うての短気者だ。吉良殿とは気も合うまい」

孫太夫はちょっと言葉を途切《とぎ》らせたが、

「しかしだ。賄賂《わいろ》によって御役目をつとめるとは、吉良殿も、よくよくのお方だな」

と言ったのは、上野介に向けた鬱憤《うっぷん》も並々でないものがあるのだろう。

「もう一度言うてごらんなさい」

さすがに血の色を顔面にみなぎらせ、一学は激しく孫太夫を睨《にら》んだ。

「いや、いかぬ」

孫太夫は、つとめて反省しているようだ。反省しながらも、つい口走ってしまう自分の一本気でひた向きな性情を持て余しているらしい。

「一学。おぬしには聞かせなくともよいことだった――しかし、この二、三日というもの、われら浅野の家来達は、何とぞ無事にと夜も眠らず、殿様とお家のことを考え、血眼《ちまなこ》になって働いておる。――それでつい、おれも気が昂《たか》ぶり……」

孫太夫は、何時も道場で一学と語り合うときのような微笑を浮べた。

「許せ一学。――この御役目が済んだなら、また一緒に竹刀《しない》を交え、碁も打とう。酒も酌《く》もうよ」

孫太夫の若党、岩田半六が血相変えて、この茶店へ飛込んで来たのは、このときである。

「見つかりました!! やっと見つかりましたッ」

半六は、もう泣きながら、息を切らせて、その場にへたり込み、

「一大事、一大事でございますッ」

「何事だ」

孫太夫も瞬間、ハッと不吉な予感をおぼえたらしく、いきなり半六の胸倉をとって、

「殿が、どうかなされたかッ？」

「はッ――殿様は、つい先程、殿中松の御廊下に於て、刃《にん》、刃傷《にんじよう》あそばされましたッ」

「何ッ――相手は吉良か？」

「は、はい……」

半六が泣声をあげた。

一学も、おまきも仰天した。

「今しがた、鉄砲洲《てつぽうず》御屋敷へ、城中より知らせが……」と言う半六の胸倉を、今度は、横合いから孫太夫を押退《おしの》けた一学が摑んで引起し、

「これッ。殿様はどうした？　吉良様はどうしたッ」

夢中になって叫ぶ一学を、孫太夫が突飛ばして入替った。

「これ半六。殿は上野介を見事討果されたか？」

「残念にございます」

半六は、泣きむせびながら突伏してしまった。

孫太夫は茫然《ぼうぜん》となった。

一学も口がきけない。おまきは、わなわなと震えながら、すがりつくような眼つきで弟の顔を見守るばかりだ。

この茶店を取囲む参詣の人々のざわめきの中で、孫太夫も一学も、空間の一点に、むしろ虚《うつ》ろな視線を投げたままだったが……。

それも一瞬のことだ。

言い合せたように、二人はパッと眼と眼を合せた。

四十二歳の孫太夫と、二十七歳の一学の、まるで仲のよい叔父と甥のような友情も、互いの主人の安否を気づかう苛《い》らだちと、強烈な敵対意識の前に消え果てたかの

ような睨み合いだった。

つぎの瞬間――ものも言わずに奥田孫太夫と清水一学は、茶店を飛出していた。

一学も孫太夫も目が据わっている。

二人ともギリギリと歯を嚙み、あたりの人ごみを割って、江戸城を目ざし、気狂いのように境内を走り抜けていた。

上野介の立場

吉良上野介が、呉服橋の屋敷から、本所松坂町にある旗本、松平登之助《まつだいらのぼりのすけ》の旧邸へ、突然に屋敷替えを申渡されたのは、その年の秋だった。

あの事件以後――上野介は、自分の子で、今は上杉家へ養子となって米沢十五万石の当主になっている綱憲《つなのり》を頼り、上杉家下屋敷への隠居願いを出していたのだが、これは聞きとどけられなかったものと見てよい。

浅野家没落の後、江戸市中の人気はすべて赤穂浪人に集まっていた。

慾に目がくらんで弱いものいじめをした上に、幕府からは何の咎《とが》めもなく、のほほんと納まり返っていると、世間から上野介は見られている。

それに反し、赤穂五万石の家名をかけて刃傷に及んだ浅野長矩は、即日切腹の上、その家は取潰しになるという手きびしい裁断が幕府から下った。

喧嘩両成敗という掟《おきて》が公儀にありながら、これではまるで片手落ちだという同情も日毎に大きくなってきている。

将軍綱吉も、あのときの裁決を、今では悔《くや》んでいるように見える。

上野介は禄高こそ四千二百石にすぎないが、上杉家や薩摩《さつま》の雄藩島津家とも親類の関係にあり、職務柄、幕府での威勢も大きい。

将軍との関係についても、田舎大名の浅野長矩などとはくらべものにならないほど親密なものがあったし、時の老中として権力をふるっている柳沢美濃守《やなぎさわみののかみ》とも遠い内縁つづきの間柄だ。

そうしたコネクションが、あの事件の中で、吉良上野介の身の上に有利に展開したことは否《いな》めない事実だろう。

勿論《もちろん》あのとき、上野介が内匠頭に殺されていたり、もっと重傷を負っていたりしたら、世上の評判も、これほど浅野一辺倒にかたむくこともなかったろうと思われる。

「本所と言えば、一口に江戸と言っても下総《しもうさ》の国ではないか。お城に近い呉服橋から、そんなところへ屋敷替えをさせられるということは——これは何だな、御公儀も殿様を赤穂の浪人どもから護るという気持をなくしてしまわれたに違いない」

吉良家用人、松原多仲《まつばらたちゆう》の、こうした言葉を借りるまでもなかった。

奉公人もどしどし暇をとって行くし、吉良領内で生産される物品を捌《さば》く問屋筋でも、あきらかに取引を渋りはじめてきたのである。

「今更、愚痴《ぐち》をこぼして、どうなるものでもあるまい」

上野介が、この春、内匠頭によって傷《きず》つけられた額《ひたい》と肩の傷も、今は癒《い》えている。

「諸々に手も廻しては見たが、こう不人気になってしまうては、どうにもならぬ——やれやれ、この年になって馬鹿な目を見るものじゃな」

一学に笑って見せたが、その上野介の笑いは硬張《こわば》ったものだった。

上野介は、本所松坂町の屋敷へ移ると、ガックリと食慾もなくなり気力も失《う》せて、終日床《とこ》につくことが多くなった。

将軍や老中が、もう自分を庇《かば》ってくれなくなったことも原因の一つだが……。

もっとも頼みにしている上杉家の態度が冷めたいのに、ひどく気落ちしたのである。

上杉綱憲は実父上野介を、一日も早くわが手に引取り、噂さしきりなる赤穂浪士の襲撃から護りたい気持で一杯なのだが、家老の千坂兵部《ちさかひょうぶ》は頑《がん》として許さない。

養子だけに、上杉の名臣として天下に聞えた千坂の拒否を、綱憲も押し切ることは出来なかった。

しかし、千坂兵部は、上野介が本所へ移ると、すぐさま、小林平七以下二十数名の屈強な附人《つけびと》を送って来て屋敷内の警備を固めさせたのである。

そのとき千坂も附人達と共にやって来て、上野介に挨拶をしていったが、清水一学は思い切って、千坂に突込んでみた。

「近頃、世上の評判は、赤穂浪人の仇討《あだうち》が何時成るか、ということのみでございます」

「世の中とはそうしたものだ」

「それなれば、御親類の上杉様が、苦境におたち遊ばす殿様をお捨ておきなさるのも世の常だとおっしゃいますか」

千坂は、でっぷりと肥った体を身じろぎもさせず、細く光る眼を射つけるように一学へ向けたまま黙り込んでしまった。

上野介は床に横たわり、ぼんやりと天井を見上げている。

今年六十一歳だが、以前は血色も良く、洒脱《しゃだつ》な風格があって、奉公人達へも気軽く冗談を言ったり、公務の余暇には、茶、歌、能などの会を次々に催しては楽しんでいる上野介だ。

火の消えたような寒々しい此頃の生活を主人はどんな気持で味わっているのだろうかと思うと、一学はたまらなくなり、構わずにつづけた。

「赤穂浪士は忠義者。わが殿は憎むべき敵だと、世の人々は、いとも簡単に決めてしまっております。世上の風に脅《おび》え、上杉家御家老のあなた様が、親類筋に当る吉良家の揉《も》め事に巻込まれ、上杉十五万石に傷をつけてはとの御懸念も成程《なるほど》ごもっともながら――なれど、それでは余りにも、算盤《そろばん》のはじき方がハッキリしすぎてはおりませんか。手、手前は……」

「もうよい」

上野介が急に遮《さえぎ》切った。

冷え冷えと晩秋の夕暮れが障子の向うから忍び寄って来ている。

部屋には三人きりだった。

本来なら千坂に対して、こんな口がきける身分ではない一学だが、千坂も、上野介がひどく一学を寵愛して身辺を離さないことをよく知っている。

千坂は、一学にむしろ好意の含まれた微笑を返してからゆっくり上野介へ向き直

り、一礼すると、静かに、真情をこめ、

「わが上杉の御当主は、吉良様御実子にございます。何とぞ御賢察の上……」

「よい、わかっておる」

上野介は軽く右手を上げて、哀しげにうなずいた。

「わが子の身に、いささかでも迷惑をかけるのは、わしだとて厭《いや》なことじゃ」

千坂は首をたれた。

「よいよい。わしは、この屋敷で、狼どもがやって来るのを待っていよう」

「申上げます」と、千坂。

「何じゃ？」

「私も、赤穂の狼どもに備える遠眼鏡、鉄砲の用意は、いささか致しております」

千坂は、いま京都郊外の山科《やましな》に閑居《かんきょ》している赤穂浪人の首領、大石内蔵助《くらのすけ》の身辺にも密偵をやって、絶えず、その動向に眼を光らせている。

京や江戸に住む浪士達が大石を中心にして事を起そうとすれば、千坂が周到綿密に配置した探偵網の何処かへ、必ず引っかかる筈だった。

「それで、大石の動きはどうなのじゃ？」

上野介も、一学に手伝わせて半身を起した。

「は──日夜なんのこともなく──暇さえあれば、祇園島原《ぎおんしまばら》などの遊所《ゆうしょ》を酒と女の香《か》に溺《おぼ》れ、浮れ歩いているそうでございます」

上野介は、首をすくめて青くなった。

「大石内蔵助のすることではない。わざと目につくような、その遊びぶり浮れぶりは、そりゃ曲《くせ》ものじゃぞ」

「心得ておりまする」

三人は沈黙した。

その沈黙の上に、どっしりと、大石内蔵助という人物の持つ不気味さが蔽《おお》いかぶさっているのだった。

「わしだけが、どうしてこんな苦しみをなめなくてはならぬのじゃ。癇癪持ちで、吝《しわ》ん坊《ぼう》の気狂い犬に嚙まれ、その上にまた世間から悪者扱いにされるとはのう」

その夜──例によって清水一学を側近く呼び、酒の相手をさせながら、吉良上野介は愚痴をこぼした。

何を食べてもうまくないし、眠る前に少し飲む酒が、一日のうちの僅《わず》かな楽しみになっている。

一学は毎夜、その相手をさせられるのだが、それは話相手という意味であって、事件この方、彼はキッパリと酒を断《た》ってしまったのだ。

「のう一学。わしはな——わしは近いうちに隠居して吉良の領地へ別荘でもつくり、あの潮騒《しおざい》の音と、海の匂いに包まれて暮すことを楽しみにしておったのじゃ。そこへ、あの騒ぎじゃ——わしも運のよくない男よのう」

青ざめていた上野介の顔に、それでも酒が、いくらかの血の色を浮び上らせてきはじめた。

深沈たる夜気の中に、大蠟燭《おおろうそく》の火がまたたいている。

上野介の傍《かたわら》には、気に入りの侍女、お佐和が控えていて、まめやかに世話をしていた。

床の間には山茶花《さざんか》が一りん二りん……。茶人《ちゃじん》である上野介の好みに生けられてあった。

お佐和が生けたものだ。

一学は、哀しげに、その床の間の白い花に見入っている上野介へ、

「今更申上げてもせんないことながら、殿は何故——何故、あの気狂い犬を相手になされたのでございます。放っておかれたが、よろしかったのでございます」

「そのことよ——いや、わしもな、大人気《おとなげ》ないことをしたと、今では思うこともある」

「殿様にもお似合い遊ばされぬ、まずい算盤のはじき方でございました」

「ふふふ——また、お前の算盤談義が出たの」

一学は頭をかいて、

「十六歳の年まで吉良の酒問屋の小僧をしておりました。そのときの癖《くせ》が、つい出てしまうのでございましょうか」

「フム、それよ、そのことよ。その、それぞれ人間が持っている癖というやつじゃ」

「は——？」

「つまりはあのときのこともじゃ。わしの癖と浅野の癖が、白と黒ほどの色違いにて、どうしても交じり合わなかったのじゃ」

上野介は「佐和」と呼んで、珍らしく酒のおかわりを命じてから、

「内匠頭は名うての吝嗇者《りんしょくもの》。大名の癖に、いえば台所の糠味噌《ぬかみそ》にまで自ら手を出さねば気のすまぬ男じゃ。それにまた輪をかけた頑固者、短気者ときておる。——そしてこのわしは、融通《ゆうずう》の利《き》かぬ人間が大嫌いな性分ゆえなあ」

成程、交際好きな上野介から見れば、浅野内匠頭は吝嗇者に見えるかも知れない。

内匠頭が勅使饗応役をつとめたのは今度が初めてではなかった。十八年前の天和三年、十七歳のときにも、やはり上野介の指導によって無事につとめている。このときは若年だけに、江戸家老その他重役の取計いによって大事を引起すこともなかったのだ。

武家大名の世界も、元禄の世ともなると、制度や政治経済の機構が複雑にからみ合ってきていて、戦国時代の侍のように槍一本あれば、という簡単なものではなくなっている。

賄賂というものは交際、生活の上に必然的なものであり、勅使饗応役という大役をつとめる為の出費が小さなものでないことは当り前のことになっていた。

十八年前とくらべて物価も高くなっているし、どうしても千二、三百両の物入りなのを、内匠頭は八百両そこその予算で切上げようとして、上野介にその明細書の検分を願出たものである。

浅野家は表高五万三千石だが、領内で産出される塩は有名なもので、実収は、はるかにそれを上廻り、代々裕福の家柄だ。

それが何故？　——などと、くどい説明も要《い》るまい。

世の中には物ごとを倹約することを非常に好ましく思っている人間がいる。内匠頭もそういう性質の人だったのであろう。

もちろん倹約は悪いことではない。

内匠頭にしても千二、三百両かかるところを八百両で切上げることが出来れば、幕府から強《し》いられた不時の出費を出来る限り食い止め得たというよろこびもあるだろうし、小藩の領主としての経済的な手腕も発揮出来て、家来達にも鼻が高いというところもあったろう。

しかし、賄賂横行が礼儀交際の常識となっているような世の中に生れたことは、内匠頭にも不幸だった。

「物入り物入りというが、これは例年のことじゃ。接待役をお受けしたからには、いさぎよく金を出すべきではないか」

という上野介の言い分も尤《もっと》もなのである。

たとえば勅使休息所の畳替えにしてもそうだった。

内匠頭は、その畳表、畳のへりまで切詰めて安く上げようとする。上野介は例年通りにさせたい。

もし後になって、あの畳表は何事だということになれば、指南役の上野介の責任となるわけだ。一事が万事、この調子で、二人は一日ごとに胸の中にわだかまる確執を深めていったのである。

「いかなわしでも、いいかげん皮肉の一つも言うてやりたくなるではないか。それを浅野がまた本気になって怒りおる。その怒り方がまたハッキリとな、あの松の根っこのような顔かたちに現われるので、わしもまた、ちょいとからかいたくなる」

上野介は苦笑して、

「それが積り積ってあの騒ぎじゃ」

「世上の噂さは、殿が浅野の進物が少いのにお怒りなされて、事々に意地悪くおなぶりなされたと……」

一学が口惜《くや》しそうに言うのへ、上野介は、

「ふん――それが吝《しわ》ん坊《ぼう》のヒガミと申すものじゃ。ケチはおのれのケチを誰よりもよく知っておるものじゃ。ケチケチしたという退《ひ》け目《め》を押隠そうとして、みずからあらぬ言いがかりをつけるのじゃよ」

上野介は首を振り、

「馬鹿なことじゃ。あんなことで浅野は断絶――わしも食べるには困らぬが、この苦しみをなめねばならぬ」

何時、自分の首を狙って赤穂の狼どもが襲いかかって来るだろうか……。

この恐怖と不安が、上野介の顔に、時折どす黒く浮いて出る。

お佐和が酒を持って入って来たが、上野介は、もう盃をとろうともせず、蒲団《ふとん》を引《ひっ》かぶって横になると、

「一学。今夜も宿直《とのい》してくれるのじゃな」と、念を押した。

蒲団からのぞいた両眼が、子供のようにキョロキョロと、幼なく恐怖におびえていた。

「御安心下さい。次の間に控えております」

ふと見ると、お佐和が、じいっと自分の顔を見つめているのに気づいた。

細面《ほそおもて》ながら、かなり彫《ほり》の深い、しっかりした顔立ちのお佐和である。

近頃は奉公人の出入りにも充分注意をしているが――お佐和は吉良家出入りの商人で、上野介にも信頼されている近江《おうみ》屋源兵衛の縁戚の女だそうで、三ヵ月ほど前に屋敷へ上ったものだ。

気働きが人一倍すぐれていたし、琴のたしなみもあり、万事によく行届くので、上野介はたちまち気に入り、

「佐和、佐和――」と呼びつづけで、自分の世話をさせるようになった。

しぜん一学とも顔を合せることが多い。

無駄口もきかぬし、することはキチンとしてくれるので、一学もお佐和を信頼している。

いざというときの注意まで打明けて言いきかせもした。

一学が女に親切なのはお佐和ばかりではない。屋敷内の侍女から台所に働く女中にまで、人気がある。

武士の生れではないだけに下《しも》のことによく気をつけて温くいたわってやるし、上野介に言上《ごんじょう》して女達が暮しよいように屋敷内の空気を変えてもやる。

これは酒乱の父親に、母も姉も苦しめつづけられたことを子供のときから眼の前に、さんざん見てきているからだろう。

父親は一学が十一歳の夏に死んだが、そのときは村の庄屋の一人だった家の、田畑も、みな抵当に入ってしまっていた。

母が死んだ後も不幸は去らず、一度嫁に行った姉のおまきも、また良人に病死され、子供を抱えて、随分苦労をしたものである。

女の不幸が身に沁みているので、一学は女に対してはどうも弱いのだった。

(男というものは女を不幸にしてはならん)と、みずから言いきかせてきている。

だが、それにしても近頃、お佐和が一学を見る眼のいろは尋常でないようだ。

講談社文庫を
よむくま

よむーく

講談社文庫
創刊 50th
1971 − 2021

つつましく懸命に隠そうとしてはいるがうるんだ情熱の光りが潜《ひそ》んでいて、それが一学にも何となくわかるのである。

(佐和どのは、おれに惚れているのかな?)

満更でもない気持だった。

(おれは、お佐和どのの顔を何処かで一度、前に見たことがあるような気がするのだが……)

しかし、今の一学には、お佐和の情熱をさぐり、引出して見ようという余裕はない。

一学は、毎日毎夜、眼に見えぬ敵に対して必死だった。

(酒もいかん。親父と同じようになる)と思いつつも仲々止められなかった酒を断ったのもその為である。

一学の立場

清水一学が吉良上野介に見出されたのは、彼が十七歳の春だ。

上野介は年一度は領地の吉良へ帰って来るが、捌《さば》けていて気軽な性格だけに、領内の商人達を呼び、直《じ》き直《じ》きに経済上の意見を聞くことも多い。

一学が奉公していた酒問屋の三州屋とはよく気が合って、領内の富を増やし領民を豊かに暮させてやろうという領主の気持が、そのまま三州屋にも反映して、一学はよく主人から、

「吉良領内の民百姓は殿様の為なら何時命を投出しても惜しくはないと思うとる。あいう殿様を御領主様にもった我々はまことに幸せものじゃぞ。藤作よ、われもこのことを忘れるな。ええか――」

何度も言いきかされたものだ。

三州屋の上野介へ抱く尊崇《そんすう》の念が、そのまま少年の一学に伝わったことは言うまでもない。

(おれも一度は殿様の下で働いてみてえな)

下男でも足軽でもよい。

いや、何よりも偉い殿様の住む江戸へ行って働けたら……。

(江戸へ行ってみてえなあ、江戸へ……)

将軍御膝元の江戸――。その花やかな幻影は少年の一学の脳裡《のうり》から片時も消えるこ

とがない。

思い余って主人の三州屋に頼んでみたが、むろん許してはくれない。少年のくせに酒好きな一学を手離したくなかったのも、三州屋は一学の才能を見込んでいたからだ。

すると一学は、翌年の秋に領地へやって来た上野介の駕籠へ、道端の木蔭から躍り出して直訴《じきそ》をやったのである。

使ってみてくれ、精一杯働きますと泣き喚《わめ》きながら嘆願したのだ。

「おもしろい小僧じゃ。そんなにわしがところへ来たいのか」

まだ上野介が五十を越えたばかりのときのことである。

ハキハキと物怖《ものお》じもせずに、ひた向きな眼を自分に据え、脂汗をびっしょりかいて懸命に訴える悧発《りはつ》そうな少年を、一目で上野介は気に入り、

「よしよし、何とか計ろうてやろう」

こうなれば三州屋も否やはなかった。

半年ほど領地代官所の走り使いをさせた上で、一学は江戸の吉良邸へ引取られた。

上野介が試みに学問をさせて見ると、熱心に打込んで勉強するし、このままでは惜しいような気もして、一学が二十歳になった元禄七年の正月——市ケ谷の堀内道場へ

通わせることにした。

これがまた手筋がよい。

当時は、高田の馬場で勇名をとどろかした中山安兵衛も道場にいたし、むろん奥田孫太夫もいた。安兵衛が後に浅野家へ仕えて堀部安兵衛となったのも因縁《いんねん》というものであろうか。

一学は、この人達に可愛がられ、めきめきと腕を上げて、二十三歳の夏には免許をとってしまった。

この年に上野介は、青年藤作に清水一学の名を与えて若党に取り立ててやった。

翌年には中小姓に上げてやり三両一人扶持の俸給を与え、さらに元禄十二年の春には中小姓の頭に抜き上げ、寵愛の度は深くなるばかりだったのである。一学は、次第に屋敷内の経理までも任せられるようになった。

上野介は、一学の何処が気に入ったのであろうか——。

一学が、将軍にも大名にも顔がきく自分の威勢を頼みに、激しい出世への意慾を湧かせ、一心に勤めを励む意慾を好ましいと見たのである。酒の上の失敗も、自制によって年毎に改めているようだし、

(行く行くは綱憲に頼み、上杉の禄を食《は》ませてやるようにしてもよいな)

ひそかに、上野介はそう思っていたものだ。

（経済を見る眼もしっかりしておる。これからの侍というものはこれでなくてはならぬ）

腹心の一学を上杉か島津か——どこにでも自分にとって有利な大名の家へ入れて芽を出させてやることは、老いて行く上野介にとっても悪くない駈引である。

そんな打算と一緒に、主従の仲は、互いの人間性にひかれ合い、日毎に親密の度を加えていったのだ。

だから一学も……。

（殿様の引立がなくては、おれの出世も水の泡だ。殿様なくして清水一学などというものはあり得ないのだ。——殿様の為にも、おれ自身の為にも何処までも生き抜かねばならん）

その自信はあった。

元禄十四年も暮れようとする或日——上野介が、ふと冗談ともつかず真面目ともつかぬ異様な表情で一学を凝視《ぎようし》しながら、

「ときに一学。赤穂の狼どもが討入って来たら、お前どうする？　わしの為に命を捨ててくれるかな？」

そんな探りを入れてきたときにも、

「いえ──殿も私も死にませぬ。そのように私は信じております」

「狼どもの牙《きば》にかかってもか？」

「山ごもりしている狼どもも、餌《えさ》がなくなれば一固まりになってはおられますまい。それぞれに、その日その日の餌を求め、散り散りになるより仕方はございません」

浅野家臣が赤穂開城の際に受取った分配金は、百石につき二十四両である。

現在、大石内蔵助を中心に固まっている浪士達五十余人の大半は五十石にも満たない軽輩で、その浪人暮しも、一学の計算によれば一年か一年半がやっとのことだ。

「その間、みじんも隙を見せずに御屋敷の警備を固めておれば──いずれ彼等の団結が弱まることは必定《ひつじょう》でございます。それが人間の弱さ──何事にも金がなくては……」

大石内蔵助という男の立派さ大きさについては、あの事件が起る前から心ある人々の間に隠然《いんぜん》たる風評があったし、千坂兵部も、上野介も息をのんで大石の出方を見守っている。

しかし、大石は格別に同志団結の為の資金を他から獲得した様子もなく、相変らず、京に山科に、のどかな毎日を送っているらしい。

それればかりか、この年の暮に至って数名の脱退者が出たことが、千坂の手によって探り出された。

「あと一年——いや伸びても一年半。私は殿をお護りして懸命に働きまする。何処から見ても非の打ちどころのない警備をゆるめることがなければ、彼等とても、みすみす無茶な血気にはやることはございますまい」

「そうか——成程のう」

「私とても、殿に、もっともっと永生きをして頂かねばお終《しま》いでございます。せっかくお引立にあずかりましても、このまま萎《しぼ》んでしまうのは厭でございます」

「ハッキリと申すやつじゃ」

「恐れ入ります」

「よいよい。人間というものは互いに利益し合い、互いに身を立てて行くのが正道じゃとわしは思うておる」

上野介も久しぶりに生色を取戻したようで、

「生きようのう。どこまでも生きのびよう——のう一学……」

師走《しわす》の、鏡のように冷めたく晴れ渡った空を広縁から眺めて呟《つぶや》いた上野介の頬に、ひとすじの涙の痕《あと》があった。

（お淋しいのだなあ、殿も……）

さすがに一学も胸が一杯になった。百姓上りの自分が、昔は神のようにあがめていた領主から、今こうして分隔《わけへだ》てなく親しげな会話を交すことの出来るのが今になって夢のように想われてきた。

そして上野介が自分に対する度量の広さに、胸をうたれずにはいられなかったのだ。


翌元禄十五年の正月になると、千坂兵部は新たに附人を二十数名も送ってよこした。

父親思いの上杉綱憲も上杉家の当主だけに上野介を見舞うことも自由にならない。綱憲の要請《ようせい》もあったのだろうが、千坂も一学と同じく、あと一年を山と見ているに違いなかった。

浪士達の京と江戸への往来にも、千坂からの密偵の眼は絶えず光った。

一学は附人頭の小林平七と計り、附人達の剣術の稽古も日課にして励行《れいこう》させ、自分もまた堀内道場へ通ってはは錬磨をつづけた。

しかし、道場へ通うことは辛《つら》かった。

奥田孫太夫とも会えるわけがなかったし、それに道場の朋友《ほうゆう》、先輩達の眼は、いずれも、

（吉良の犬め‼）

というさげすみと憎しみの色に、冷めたく変ってきている。その変り方というものは実に鮮《あざや》かなものだといってよい。

去年の刃傷事件以来、それこそ一夜のうちにといってよいほどに、ガラリと変った。

世間の人気は、評判は――そのまま堀内道場に反映している。

第一、もう一学の相手になって稽古することを、誰も彼も厭《いや》がった。

代稽古の宍戸半平《ししどはんぺい》という男だけが、よく練れていて、一学と立合ってくれる。

師匠の堀内源太左衛門もこの点は同じで、あの事件については一切口にふれず、ときたま一学を教えてくれる態度に少しも前と変るところがない。

そのうちに宍戸半平が言った。

「一学。このままでは、おぬし、あたら一生を闇《やみ》にほうむることになるぞ――俺もいろいろと考えたんだがな、どうかな。吉良様に暇をもらい、剣の道ひとつで世を渡ってみては――」

「主人に後足で砂をかけて剣術がうまくなりますかな」

「これ、そういうな。今のありさまでは到底《とうてい》、吉良様の評判に勝目はない。俺はな、おぬしの腕が惜しいから言うんだ」

「お心入れ、有難う存じます」

それっきり、一学は道場へ行かなくなった。

（今に見ていろ。仇討が出来ずに散り散りになった赤穂浪士が、世間からどんな悪評をこうむるか——そのときこそ俺は、道場の連中の前で、堂々と言うべきことを言ってやる）

奥田孫太夫や堀部安兵衛など堀内道場出身の浪士は、道場の剣士の間で、もはや英雄化されてしまっている。

「討入りの場合、まず吉良奴《め》の首をとるのは安兵衛殿だろうよ」

「いや孫太夫殿だ。決まっとるわい」

一学へ聞えよがしに言う者もいるのだ。

「と、なると……清水はどっちに斬られるかな」と声をひそめる奴もいるのだ。

時は流れ、日は過ぎて行った。

一学は、一日たりとも上野介寝所の隣室へ宿直する勤務を休んだことはなかった。

出入りの商人、奉公人への監視も厳しくした。

だから尚更、台所の女中や下男などが減るばかりで、不人気の吉良邸へ新らしく奉公する者はいない。

吉良家で働いていると勘当されるからと、暇をとっていった侍女も数人あった。

一学は故郷へ急を告げた。

上野介は領地吉良に於ては名君である。

吉良のものは競って、江戸屋敷への奉公を願い出た。

代官唐沢《からさわ》半七らの選抜により、一学の姉おまきが、男女十人ほどの奉公人をつれて江戸へ上って来たのは、この年の晩春である。

これは上野介をよろこばせた。

邸内の警衛も充分に行きわたっているし、上野介も、ようやく愁眉《しゅうび》を開きはじめた。

食もすすみ、血色もよくなり、少しずつ肥《ふと》ってもきた。

「わしの為にという志は有難いが——なれどお前も可哀想じゃ。好きなものゆえ少しはやってみよ」

上野介が、たまにそう言ってくれても、一学は酒に手を出さない。

京での大石の放蕩《ほうとう》が、近頃はことに激しくなり、その為に、江戸にいる浪士達との間がうまく行かなくなって、浪士達の団結も大分動揺しているとの情報が入ってきた。

これを聞くと、上野介は久しぶりに酒宴をひらき、邸内の人々を慰労したいと言い出したが、

「なりませぬ。寸時の油断が大事をまねきまする。今しばらくの御辛抱でございます」

清水一学は、断固《だんこ》として上野介を押えてしまった。

嘘

それは、まだ残暑のきびしい或日の午後で、清水一学は所用あって外出し、日本橋の橋詰の雑踏の中に、奥田孫太夫を見出した。

気づかれた様子もないのを幸いに、一学は孫太夫の後をつけた。

懐《なつか》しさと警戒心が入り交じって、何とも奇妙な感情のままに、一学は孫太夫の後か

ら永代橋を渡り、深川へ入った。

孫太夫は、小兵ながらガッシリと引締まった体を小ざっぱりした衣服に包み、相変らず精悍《せいかん》な足どりで歩いて行く。

その少しも浪人暮しの垢《あか》がついていないような自信に満ちた風采態度が、一学を圧倒した。

（やはり心は決まっているのだ）

一学の背筋を冷めたいものが走った。

（何、負けるものか。よし何処までもつけてみよう。何か探り出せるかも知れん）

だが、黒江町《くろえちょう》の富岡八幡《とみがおかはちまん》一ノ鳥居のあたりで、一学は孫太夫を見失った。

あわてて門前町の人ごみへ分け入り、きょろきょろと見廻したが、見えない。

一学は、二ノ鳥居の傍《かたわら》から八幡宮の表門を入り、流れに懸けられた反り橋《そばし》を渡った。

宏大な境内にも茶屋が立並び、三ノ鳥居の彼方《かなた》に、社殿の甍《いらか》が強い陽を浴びて光っている。

（何処へ行ったか……？）

暑い夏の午後で、境内はそれほど混雑してはいないが、孫太夫の姿を見出すことは出来なかった。

半ば諦めかけ、一学が、絵馬堂の裏にある木蔭の茶店で休もうと、歩みかけたとたんである。

一学の肩に手を置いたものがある。

ギョッとして、一学は飛退った。

孫太夫の顔が、うすく汗を浮べて眼の前にあった。

「つけて来たのか」と、孫太夫は言った。

「…………」

「おれを憎いと思うか？」

「手前を憎いと思われますか？」

「誰が憎いと言った。ひがむな」

「奥田殿。あなたの立場は、ひがまんですむ立場だ」

「ま、よい。久しぶりだ。向うで休もうよ」

茶店には余り客もなく、老人の祭文語《さいもんかた》りが遅い弁当を使っているだけだ。

腰かけにかけ、茶を注文すると孫太夫は、

「あのときのことを思い出すな、一学。愛宕権現の茶店だった」

明るい声である。

一学は警戒をゆるめなかった。

そして孫太夫と、どうしても打解《うちと》けて語り合えなくなっている今の自分を、何か憐《あわ》れに感じた。

あたりの木立から蟬《せみ》の声が降《ふ》るように聞えている。

しばらくの間、二人は黙って茶を飲んだ。

「これで失礼します」

やがて、一学が腰を上げると、

「もう行くのか」

「またお目にかかることもありましょう」

「そうだな……」

孫太夫の澄んだ眼に、このとき灰色のかげりがチラリとよぎった。

「なあ、一学――」

「はあ？」

「おぬしの立場は察している。しかしだ」と孫太夫は、何気なく懐中の煙草《たばこ》入れを取り出し、

「赤穂浪人のうち、少くとも、このおれはな——おれは、吉良殿の首が欲しいなどとは思っておらぬ」

一学は苦笑した。

「信じろと言われますか、そりゃ無理だ」

「何故《なぜ》だ？」

「何故あなたは、手前が訊きもせぬのに、そのようなことを言い出されます？」

「浪人暮しは苦しいものだ。今はもう誰も、そのような夢を見ているものはおらぬよ。天下を騒がし公儀の大罪人となってまで、吉良殿の首をほしいとは思わぬ——人間誰しも命は惜しい。月日の流れは復讐の執念など、わけもなく押し流してしまうものだ」

孫太夫の声には、わびしい実感がこもっているようにみえる。

しかし、一学は、尚も鋭く追及した。

「手前の存じ上げている奥田孫太夫殿は、そのようなことを口に出されぬ武士でした」

「今は違うわ。垢《あか》がついてな」

「嘘の大嫌いなあなたが、そのような嘘をついてまでも、手前どもを油断させたいのか」

　孫太夫の眼球が裂けるようにむき出しになった。

　人懐《ひとな》つこく自分を慕ってくれた百姓上りの青年武士に——好感を持ってはいたが心の底ではなめてかかっていた自分を初めて発見し、孫太夫は舌打ちしたい思いだった。

（失敗《しま》った。よしないことを言ってしまったわい）

　一学は黄色い帷子《かたびら》の汗が滲《にじ》んだ背を向けて歩みかけたが、そのまま、振向きもせずに言った。

「追われる者ばかりではない。追う者にも苦しみはあるのですな」

「…………」

「手前はあなたが好きでした。百姓上りの手前を少しも軽く見ることなく、親切に、いろいろとお教え下さいましたな——一学、改めて……」

　一学は振向き、

「改めてお礼申し上げます」

　孫太夫の虚《うつ》ろな瞳は、すぐに一学の姿を見失ってしまっていた。

それから半刻（一時間）ほど後――奥田孫太夫の姿を、八幡宮から程近い、亀久橋《かめひさばし》附近の船宿の一室に見出すことが出来る。

孫太夫と向い合っている女は、お佐和だった。

お佐和は孫太夫の妹なのである。あの事件が起ったときには国許《くにもと》にいたものだ。

そのお佐和が吉良邸に……。

言うまでもなく、お佐和は赤穂浪士達が、吉良の身辺に放った唯《ただ》ひとりの密偵だった。

「今日は――？」と孫太夫。

「宿下りをいただいてまいりました」

お佐和の顔は仮面のように、白い、動かない表情があるばかりだ。

「この前の、お前が書いてよこしたあの絵図面では駄目だ。もっとくわしい、屋敷の隅々までを余すところなく記《しる》したものが欲しいのだ。わかるな」

お佐和の唇もとが苦渋《くじゅう》に歪《ゆが》んだ。

孫太夫もすばやく、それを見てとり、やさしく、

「妹――苦労はおれも察している。しかし、綿密な屋敷の図面がなくては、討入りの作戦をたてることが出来ぬのだ」

お佐和を吉良邸に世話した近江屋源兵衛は、浪士の一人、大高源吾《おおたか》との俳句友達で、気骨《きこつ》に富んだ男である。

絵図面ばかりではなく、吉良邸内の警備状況その他を探り出す為の密偵を、たとえ一人でも潜入させなくてはならないと決まったとき、大高源吾は熟考の末、近江屋の人物を見込んで、大石内蔵助に計った。

やがて——源吾は江戸へ戻り、近江屋と会い、すべてをぶちまけて協力を求めた。

そのときの近江屋に、少しでもうなずけない挙動があれば、即座に斬捨てる決心だったのだ。

何となれば近江屋も、吉良家出入りの商人で、上野介とも親しい間柄だったからである。

だが、近江屋は、源吾から内蔵助の決意を聞き、

「大石様はじめ赤穂の方々は、ひとえに浅野家再興を願い、故内匠頭の弟君、大学様をもって御家再興を御公儀に嘆願なされておられますとか——もしそれが目出度く許されましたときは、吉良様のお首はとらぬと申されますのか」

「いかにも左様だ」

「そして再興成らぬときは、討入の御覚悟——」

「左様――」

そうなれば、いよいよ喧嘩両成敗の法度《はっと》を曲げての公儀の裁決に、断固たる抗議を示す為に、吉良の首級をあげようと言うのである。

その大石の決意は単なる主人の恨みをはらすということではない。天下政道は正しくなくてはならぬという信念を幕府に、将軍に叩きつけるという精神が脈を打っている。そこまで聞いてから、近江屋は、

「お引受け申しましょう」しっかりと答えてくれたのだ。

「佐和――お前は、浅野家臣五十余人の輿望《よぼう》を、その一身に背負っておるのだぞ。わかっておるな」

お佐和は、急に叫んだ。

「兄上!! もう駄目でございます。佐和は、もうこれ以上、何の働きも出来ませぬ」

「何だと!!」

「あの御屋敷に暮しておりますと、敵を――敵を憎む心が、日一日と薄れ、心が弱まってくるばかりなのです」

お佐和は声を殺して、泣きむせんだ。

その嫋《しな》やかな体を包んでいる小袖――山葡萄を染抜いた小袖も、上野介が特別にこ

しらえてくれたものだ。

出入りの絵師を呼んでは、その小袖の図柄をいろいろと案じ、

「これはどうじゃ？　ふむ、ちょいと面白いの」

ひとりで興じながら注文を出したり、みずから工夫してみたり、上野介は、この気に入りの侍女を飾りたててやることに、淋しい毎日の慰めを見出しているようなのだ。

「佐和どのが来られて本当によかった。手前も有難く思っている。くれぐれも殿のお身に気をつけられ、充分に御奉公願いたい」

と、清水一学も、やさしく言ってくれる。

先日も、ふと上野介が、

「どうじゃな？　佐和――一学をどう思うな、そなたは――」

「はい？」

「親切な気持のさわやかな男じゃろう？」

「は、はい――」

「どうじゃ。何時の日か、あの男に嫁いでみては――」

「ま……」

カーッと全身に血が湧くのが、自分でもわかった。

「よいよい。わしも考えておる」

快《こころ》よげに、上野介は、お佐和に慈愛の眼《まな》ざしを投げてよこした。

板ばさみの苦しさに、お佐和は居ても立ってもいられない気持で、吉良邸に暮している。

上野介の傍《かたわら》に、一学の傍に、親しく暮せば暮すほど……固苦しい武家の社会にはないといってよい、この主従の情愛もわかってきたし、あの刃傷についても、上野介のみを責めることは出来ないという気持に、どうしてもなってくるのだ。

「佐和。もう一息だ。頼む、な、頼む――お前だとて、このことが単なる仇討ちではないということが、よく判っている筈だ」

「はい……」

「清水一学にも会うことがあるか？　気取《けど》られはしまいな？」

「――はい……」

「よし。とにかく踏張ってくれい。お前の働き一つに、大石様はじめ、われら五十余人のものの武士の命が賭けられているのだ。これを忘れるなよ」

女ひとりへの大任である。孫太夫も妹を可哀想だと思うのだが、こうなっては気強く励まして押切るより他はなかった。

お佐和は、また吉良邸へ戻って行った。

十二月十五日

吉良上野介が、年忘れの茶会を催したいと言出したのは、十一月も押詰まってからである。急に思い立って矢も楯もたまらなくなったのだ。

このころになると、かなり情勢は変ってきていた。

何時までたっても、赤穂浪士の討入る様子はないし、世上の噂さにも飽《あ》きが見えて、

(大石内蔵助も案外の人物だ)とか、

(浪人の垢がつくと、刀を抜く気力も失せるものと見える)などと浪士達への風当りも冷めたくなってきた。

それにまた、上野介への不人気も騒がしくなくなり、前には屋敷の塀と言わず門と言わず、ベタベタと上野介を弾劾《だんがい》する狂句が貼りつけられていたものだが、それも近

頃は全くなくなっている。

熱するのも冷めるのも早い江戸の町民達も、赤穂浪士の仇討には飽きてしまったらしい。

最近になって、山科から大石内蔵助が江戸へ出て来たが、これは明年の故内匠頭三回忌の法要について、赤坂今井に住む内匠頭未亡人の瑤泉院《ようせんいん》と打合せをする為らしい。

事実、内蔵助は、二度ほど赤坂へ出向いたきり、あとは川崎在の庄屋の離れに、のんべんだらりと日を送っている。たまには近くの川へ魚釣りに出かけるのがセキの山だ。

浪士達との往来もないようだった。

千坂兵部も、その探偵網から入る情報から、

(もはや仇討の心はないものと見てよかろう)と判断したらしい。

と同時に、千坂は綱憲と計って、上野介を上杉家下屋敷へ引取ることを幕府に願出た。

幕府も世上の評判が、とみに無関心になっているのを知っていたし、これは即座に許され、翌元禄十六年の春早々に、上野介は上杉家へ隠居と決ったのである。

上野介の安堵《あんど》と喜びは、絶大なものがあったと言ってよい。

「もうこれでよい。大安心じゃ」

浮き浮きと、上野介は、永らく息の詰まるような生活をつづけていたのだし、この屋敷とも別れるについては、昔から馴染《なじ》みの茶、能、俳句などの友達を集め、年忘れの茶会を盛大に催《もよお》したいと言い出したのである。

誰も彼も、愁眉《しゅうび》をひらいて賛成した。

千坂兵部からも、

「吉良の殿も、よく永い間、淋しさに耐えておられたのだ。それ位はよろしかろう」

という賛意が届けられた。

ただひとり、反対意見を執拗《しつよう》に固持しつづける清水一学に、上野介は、

「わしの心も察してくれ。この二年というもの、わしは世間の不人気と浪人達の襲撃を避ける為、一歩たりとも、この屋敷内から外へ出たことはないのじゃ——陽の落ちぬ間を拾っては、わずかに庭を歩き空を眺めるのみじゃった」

「そ、それは、手前もよくわかっております」

「わしは淋しいのだ。たまには——たまには茶会を催して楽しみ、久しく会わなんだ人々と共に語り合うのが何故悪い」

用人の松原も、附人頭の小林平七も、一学の神経質な警戒心を一笑に附してしまった。

「たかが一夜のこと。まして大勢の来客中に浪士共が討入る筈はないではないか」

と、松原用人は言う。

一学は、そのあとが問題だと思っている。

久しぶりの宴会だ。酒も出る、唄も出よう。

その夜は屋敷内の緊張がゆるむのは必定《ひつじょう》である。

まして近頃は、五十余人の附人達も浪士達の討入りが無いものと決めてしまっている風《ふう》が見える。

日課の武道鍛錬も怠けるものが増える一方だし、小林平七なども、

「全くなあ。転げ込んで来もせぬ獲物を待って、大げさに罠を仕かけているのも、これは一寸《ちよつと》みっともない。世間の物笑いにもなりかかっとるところだしな」

などと豪放に笑飛ばす仕末だ。

(油断は出来ん。決して緊張をゆるめてはならん)

一学は、この夏、深川で会ったときの奥田孫太夫の一挙一動や、その眼の底に潜《ひそ》む決意や、あのときの言葉、声の一つ一つを忘れ切ることが出来ない。

一学は、茶会の日が十二月十四日と決まり、招待状が発せられてからも、尚日夜、上野介を説いて倦《う》むことを知らなかった。

「大石は、寸毫《すんごう》の気のゆるみを狙って待っておるに違いありません。この際、僅かな隙を見せることは、彼等に誘いをかけるようなものでございます。第一、浪士達は、殿がこの御屋敷に暮らしているか、又は上杉家にかくまわれているか、どちらが本当かと迷うておるに違いありませぬ。茶会など催しては、みすみす殿の所在を相手に知らすようなものではございませぬか」

「わしの身を思うてくれるは有難い。なれど一学。お前も近頃は気を使いすぎるようじゃ。そこまで気を張りつめては体がもたぬ」

終《しま》いには上野介も、一学をうるさがりはじめた。

何よりも明年早々に上杉十五万石の翼の下で、安らかに憩《いこ》うことが出来るという安心が、上野介の恐怖を、きれいに拭《ぬぐ》いとってしまったらしい。

そして、一学に会うことを、つとめて避けるようになった。何かにつけ「上杉が――綱憲が――千坂が……」こう言ってくれた、ああ言ってくれたと、上杉家の取計いを頼り切り信じ切っている。

(殿は、もうおれの殿ではなくなってしまったのだな)

淋しく哀しかった。

しかし、お佐和だけは唯一の味方である。

「恐ろしい斬合いなどは厭でございます。清水様、こちら方が警護の眼を光らせておれば、浅野の方々も討入っては来ますまい。このつり合いが少しでも破れれば……それを考えると恐ろしゅうございます。殿様にも赤穂の方々にも——それから……」

「それから?」

「は……それから清水様にも——私は無事でいて頂きたいと思います。この平穏な世の中に、もう血を見ることは厭でございますもの」

お佐和の声には異様なまでに、真情があふれていた。

しかし彼女は、孫太夫の強引《ごういん》な催促によって屋敷の絵図面を書き近江屋を通じて渡してしまってあるのだった。

ただその絵図面の上野介寝所附近の間どりには若干《じゃっかん》の変更がほどこされてあったのである。それだとて討入りがあれば何のことはない。

刃と刃が嚙み合い、血が飛び、一学も兄も獣《けだもの》のように闘い合わなくてはならないのだ。

このままで——このままで時が過ぎ、月日が経過すれば、そのうちに、どちらからともなく諦らめがついてくるであろう——と彼女は切実に願ってやまないのだ。

十二月に入ると附人のうち二十名ほどが、上杉家へ戻されて行った。

千坂兵部も、よくよく赤穂浪士の動向に警戒心を解いてしまったものと見える。

茶会の準備と並行して、上杉屋敷への移転の仕度が進められ、邸内には賑やかな活気と笑声が、みなぎり渡った。

姉のおまきさえも、一学に、

「もう大丈夫。来年には、みんなも吉良へ帰ってもよいそうな——」などと、浮き浮きしているのだ。

一学は、また酒を飲みはじめた。

何も彼も馬鹿馬鹿しくなってしまい、彼は、上野介が上杉へ移れば、自分も両刀を捨てて故郷へ姉と共に帰ろうと思ってもいた。

のこのこと上野介にくっついて上杉屋敷へ行ったところで、一学の立場はもうあるまい。肩身を狭くして厭な思いをするだけである。

一学は、この屋敷で、自分の手で、上野介を護り抜き、何時までも上野介に甘えていたかったのだ。

元禄十五年十二月十四日——茶会の当日である。

盛会だった宴は申《さる》の刻（午後四時）に始まり、戌《いぬ》の下刻（午後九時）頃に終った。

三日前からの雪で、江戸中の名だたる茶人達が続々と吉良邸へ集まり、茶会は何時か雪見の宴になる。

屋敷内の灯は燦然と輝き、家来も女中も喜々として立働いた。

附人達一同にも酒肴《しゆこう》が出され、大いに慰労された。

宴会の後片づけを終り、おまきが一学の長屋へ戻って寝《しん》についたのは、十五日の午前一時すぎだったろう。

一学は、今日も酒の匂いが一杯にこもる居室で蒲団を引かぶって、不貞寝《ふてね》をしている。

（考えてみりゃ、弟も可哀想ずらよ。あんなに一生懸命、殿さまのお為にと働いて来たのになあ——）

酔って暴れ廻り、おまきの髪を摑んで引擦《ひきず》り廻したことも、この十日ほどの間に、三度はあった。

おまきは、これを機《しお》に、弟が、父親と同じような転落の途をたどるように思えて、それだけが不安で、心配でならなかったのだ。

溜息をつき、水差しを弟の枕もとへ運び、次の間の床へ入り、とろとろと眠りかけて間もなく、おまきは、吉良の海の潮騒を夢うつつに聞いたように思った。

と——激しく連打された陣太鼓の音が、彼女を眠りから醒《さ》ました。

潮騒の声と思ったのは、多勢の人々の喚声《かんせい》である。

(討入り——?)

ガタガタと震えながら境の襖《ふすま》を明けて見て、おまきは仰天した。

一学が、ひょろつく足を踏みしめ、身仕度にかかっている。

灯は消されているが、何時の間に開けたのか、邸の庭に面した雨戸が開かれ、そこから青白い月光が室内に流れ込んでいる。

雪は全く止んでいた。

「藤、藤作!!」

「姉さんか。来たよ」

「えッ? やっぱり……」

「言わんことじゃない」と、一学は歯がみをして、下緒《さげお》を引抜き襷《たすき》に廻しながら、

「見ろ、見ろ!! この、この戦《いく》さは負けだ」

「お前、斬合いに行くのかえ? およし。こうなったらもう、私はお前を危い目に合

わせたくはない」

「故郷《くに》へ帰って百姓をするつもりでいたが――どうも殿様を捨て切れん。姉さん、人間というものは、到底算盤の言う通りには動けんものだな」

「行くのか。どうしても行くのかえ――」

「殿様を逃がして、おれも逃げる。姉さんは此処にじっとしとれ。女子供には手をかけまい」

一学は外へ躍り出た。

一学の長屋は裏門の北側にあった。

この屋敷は東西七十三間、南北は三十四間余、坪数は二千五百五十余坪という宏大な面積である。

邸内は早くも、逃げまどう女達の叫び声や、表裏の両門から一散に母屋《おもや》へ乱入した浪士達と、狼狽しつつ、これを迎え撃つ附人との争闘が、凄まじい響きを巻き起していた。

一面の白銀を蹴って庭先へ躍り出し、斬合う人々の姿が、冴え返った月光を浴びて、其処彼処《かしこ》に、くっきりと見える。

久しぶりの酒宴に気がゆるみ、後で判ったことだが、この夜は、上野介の寝所隣りの宿直《とのい》部屋にも、誰一人詰めてはいなかったということだ。

一学は、寝巻の上から小袖を引かぶって逃げて来る侍女の一人を摑まえ、いきなり、その小袖を剝《は》ぎとった。

「きゃーッ」

「おれだ、清水だ。殿はどうなされた？」

ぺたりと雪の上に坐り込んだまま、侍女は幽霊のように白い顔をガクガクと振って見せるばかりで、声も出ない。

一学は舌打ちをして、その女物の小袖を頭からかぶると、母屋の北側に沿って庭を走った。

大台所から湯殿前の廊下へ出ると、屋内の乱闘の物音は物凄いばかりである。

魔物のような浪士達の黒い影をやり過す度《た》びに、一学は小袖をひろげて、その下にうずくまった。

「女か――よし、行けい」

「早く逃げろ」

浪士達は、口々に声を投げて走り去る。

もう少しで上野介の寝所だという仏間の南廊下で、一学は、いきなり小袖を引剝《ひきは》がされた。

「待て!! 怪しい奴――」

仏間から躍り出た浪士が三名ほど、いずれも火事装束の軽装で、ぱッと一学を取囲んだ。

無言の抜打ちが、一学の腰から蛇のように走って、正面の浪人を襲った。

「むウ……」

首を振って避けたが、鋭い一学の一撃を肩先へ受けて、だだッとよろめくのへ、

「退けい!!」

一学は、まっしぐらに二の太刀を振った。

その攻撃を横合いの一人が跳ね退《の》け、

「不破数右衛門《ふわかずえもん》だ」と怒鳴った。

廊下に、激しい気合と嚙み合う刃と刃が乱れ飛んだかと思うと、南側の雨戸を蹴破って、一学は内庭に飛降り、振向きざまに浪士の一人の足を払った。

「あッ!!」

縁先から転げ落ちるのへは目もくれず、

(殿!! 殿ッ――)

一学は、上野介の安否を確かめたい一心で、庭を廻り、再び奥へ入ろうとしたが……。

「手強《てごわ》い奴!!」

「囲んで討て!!」

庭からも屋内からも、合せて八名ほどの浪士が、ひたひたと一学に迫って来る。

黒の小袖を着たまま酔って寝込んでしまい、その上から袴《はかま》をつけている一学だが、その小袖も袴も、猛烈な浪士達の斬込みを受け、またたくまに切裂かれた。

短い間の闘いだったが、一学は、八人を相手に獅子のように暴れ廻り、相手の大半に傷を負わせた。

「御一同。此処はおれに任せてくれ」

泉水《せんすい》の懸橋を渡って駈けて来た一人が叫んだ。

その声は、一学にとって忘れられないものだ。

奥田孫太夫だった。

ひりつくような喉《のど》の乾きをおぼえ、荒々しい呼吸を懸命に整《ととの》えつつ、一学は孫太夫を見た。

浪士達は、うなずき合い、サッと散って行った。

孫太夫の半面は反《かえ》り血を浴びて、どす黒かった。

「一学――嘘つきのおれを許してくれい」

「お心は、よく判っています」

(殿!! うまく逃げおおせて下さい)と、一学は必死に祈りつつ、静かに刀を構えた。

「では――」と孫太夫。

「応!!」と、一学は叫び、同時に斬りつけ、避ける孫太夫の体と、太刀の閃めきを追い、二の太刀、三の太刀、四の太刀、五の太刀と、息もつかせぬ猛攻をかけた。

その度びに、一学は、孫太夫の反撃を、次々に体に受け、孫太夫もまた自らの血に染ったが……。

ついに清水一学は昏倒《こんとう》した。

孫太夫は、舌を出して激しい息づかいのまま、刀を杖に、このかつての同門の友の血が、月光を受けて、あきらかに積った雪へ吸い込まれて行くのを見守ったのである。

「清水さま!!」

何処からか走り寄ったお佐和が、一学を抱き起し、

「清水さま!!　一学さま」

気狂いのように呼び叫んだ。

「妹――」

孫太夫は愕然《がくぜん》となった。

(好きだったのか――妹は清水一学が……)

乱闘の物音が、潮の退くように消えかかっている。

附人達の抵抗も、もはや空《むな》しくなったのであろう。

「妹――上野介は何処だ。言え。言わぬか」

「申しませぬ!!」

お佐和は兄を見上げ、憎悪さえもこめて叫んだ。

「私は吉良様にも清水様にも、とうてい憎しみの心は持てませんでした。なれど――お家の為、皆様の為、するだけのことは死ぬ気になってしてまいりました――この上は、もう兄上のお指図は受けられませぬ」

「むむ……」

孫太夫は、泣くような微笑を妹に与えて、

「よし」と、一言――一学の死顔を片手拝みに拝むと、裏門の方へ、よろよろと去って行った。

お佐和は、涙も出ぬ哀しさに身を震わせ、一学の頬に自分の頬を押しつけ、

「清水様。佐和は生涯、嫁入りいたしませぬ」

と、囁いた。

しかし、自分へのお佐和の恋情を、清水一学は何処まで本気に考えていたことだろうか——。

大台所傍《わき》の物置小屋に潜む吉良上野介を発見した合図の呼笛《よびこ》が、未明の月光に包まれた吉良邸内に鳴り渡ったのは、それから間もなくのことである。

番犬《いぬ》の平九郎

一

大神山《おおかみやま》の山腹――もう、かなり高く昇った陽《ひ》の光りを、鬱蒼《うっそう》として遮切《さえぎ》っている蝦《え》夷松《ぞまつ》の森林の中を、鳴海平九郎《なるみへいくろう》は、獣《けだもの》のような鋭い眼《め》に、耳に、いや、体中の感覚に敵の匂いを嗅《か》ぎとろうとして、うろついていた。

山国の冬は、もう目の前に駈け寄って来ていた。

この山の北側に聳《そび》え立っている大熊岳には、三日ほど前に初雪が降《お》りたということである。

けたたましい野鳥の声を頭上に聞きながら、平九郎は、腰に下げた竹の水筒に詰めた酒を飲みかけて、ぎょろッと眼をむき、冷え冷えと静まり返っている樹林の奥に耳を澄ました。

（声がしたぞ、確かにしたぞ）

ひっそりと、彼は、水筒を腰に戻し、身を屈《かが》めた。

永年の血腥《ちなまぐさ》い暮しを経て来た彼の五官の働きは狂ってはいなかった。

平九郎は、すぐに、この森林が南に尽きている崖の縁《ふち》に身を伏せている二人の侍を見つけ出し、音も立てない敏捷《びんしょう》さで、四間ほど離れた樹の蔭にひそみ、ゆっくりと大刀を抜き放った。

崖の向うは、谷間になっており、谷を隔《へだ》てた向う側の山肌は、暖く陽に濡れている。

二人の侍――酒巻《さかまき》十太夫と、その弟の小平太を狙っているのは、鳴海平九郎ばかりではない。

この山国の、藤代藩の藩士達は、三日前から、このあたりの山々へ、近辺の百姓や猟師、木樵《きこり》などを使役《しえき》して入り込み、大がかりな山狩りを行い、酒巻兄弟を捜索しているのだった。

二

酒巻兄弟が、藩の家老で、勝手掛《かってがかり》（藩の財政をつかさどるもの）をも兼務し、名実共に、藤代藩の執政として権力を振っている永井主膳を襲撃して、大神山を主峰とする山岳地帯へ逃げ込んだのは、四日前の夜であった。

主膳は、供の侍を八人ほど従えて、愛妾を囲ってある城下外《はず》れの別邸からの帰り途を襲われたのである。

城下町の東口の番所へ、あと二町ほどのところで、右手は富田川《とだがわ》、左手は松林という淋しい場処だったが、供侍の一人として主膳の駕籠傍《わき》に付添っていた酒巻十太夫が、物も言わずに抜刀して駕籠の中の主膳を突刺したのだから、あッという間もなかったのだ。

忽《たちま》ち乱闘となった。

ひそかに打合せてあったと見え、松林の中から十太夫の弟で、十九歳になる小平太が松林の闇《やみ》から飛出して来ると、兄を助けて、何とか、主膳にトドメを刺そうと必死になって働いたが、供侍達も、主膳が特に選抜して自分の警固に当らせているほどの屈強な者ばかりだったし、ことに十太夫の向う側の駕籠傍に付いていた田中源蔵は、足軽上りだが腕一本を見込まれて主膳に引立てられ、士分に取立てられた男だけに、十太夫兄弟の前に立ちふさがり、駕籠の中で呻《うめ》いている主膳を守って奮戦した。

供の足軽達は、すぐに、街道の向うにチラチラ見える番所の灯へ、急を告げに走って行ったし、十太夫もまた、はじめの一太刀で充分の手応えを感じ取っていたので、咄嗟《とっさ》に心を決め、小平太をうながして乱闘の隙をうかがい、街道から川岸へ飛降りると、追手の執拗な刃を潜《くぐ》って、夜の闇にまぎれ込んでしまったのである。

邸に担《かつ》ぎ込まれた主膳は、重傷であり、背中まで突通った十太夫の刃は、どうやら、その目的を達したかに思われた。

藩主の稲葉守《いなばのかみ》昌輝は、寵臣、永井主膳を襲った十太夫兄弟の首を討つまでは城下へ戻るな、と烈火のように憤《いきどお》り、藩士達は、その夜から酒巻兄弟の逃げ込んだ山岳地帯に、大がかりな山狩りを開始したのだ。


「失敗《しま》ったッ。今日に限って、俺が御家老様のお供が出来なかったとは——畜生。十太夫め。この平九郎が御駕籠に付添っていないのを知って事を計ったに違いない。俺が、この平九郎がお付きしていれば、御家老様に指一本ささせるものじゃないのだ」

その日、鳴海平九郎は、酒の飲みすぎから下痢《げり》を起し、勤めも休んで、朝から自宅に寝転んでいたが、杖とも柱とも頼み、全力をつくして仕えて来た永井主膳の急をきくと、床《とこ》を蹴って飛び起き、大刀を摑《つか》んで外へ走り出た。

「くそッ。十太夫の奴め、御家老に忠義をつくしていると見せかけ、駕籠傍に附添いながら、いきなり刀を突ッ込むとは騙《だま》し討《う》ち同然の卑怯なやり方だッ」

平九郎は、城の大手門近くにある永井主膳の宏荘な邸宅へ駈けつけながら、胸のうちに叫んだ。

「言わねえことじゃない。俺は、どうも、あの十太夫という奴、気に喰わなかった。油断出来ねえ眼つきだった。やっぱり、あいつは、鷲見《わしみ》のじじいの廻し者だったんだな」

鷲見のじじい――とは、永井主膳の前に執政の席にあった、藤代藩の老臣、鷲見忠左衛門である。主膳は藩主、稲葉守の寵愛を得て、勘定所手代という低い身分から異常な出世をし、四十五歳の春、家老職を拝命してからは次第に勢力を伸ばし、鷲見を蹴落して執政の座についたのは四年前のことだ。

藩内は、従って鷲見派と永井派に分れ、当時は、主膳自身も、反対派の暗躍、襲撃にあって命拾いをしたことも数回あった。

祖父の代からの浪人者で、江戸の裏町にごろついていた鳴海平九郎が、その実際的な剣の冴えを見込まれて、主膳に拾われたのも、その頃のことだ。

勝手掛を拝命し、藩の財政を縦横に切り廻してはじめて、藤代藩十万石は、己れの指一本でどうにでもなるという自信が慢心に変りかけたことを自分では気づかない主膳が、丁度、参勤交替で出府していた稲葉守に附添って江戸の藩邸に滞在していたときのことだ。

気に入りの田中源蔵ほか二名の供をつれて、ひそかに吉原へ遊びに出かけた主膳は、青山の権田原《ごんたわら》で、鷲見派の刺客《しかく》に襲撃された。

刺客は六名で、淋しい夜の道からイナゴのように飛出して来ると、猛然と殺到して来た。

刺客の攻撃は、腕利《うでき》きの田中源蔵が真っ先に左腕を斬られるほどの凄まじいものだったし、かなり豪胆な主膳も、駕籠から飛出し、小肥りの脂《あぶらぎ》切った体を固くして、

(これは、いかんかな)と覚悟したものだ。

武家屋敷の塀が切れた原の真ン中で、剣道には自信のない主膳も抜刀して身構えたとき、何処《どこ》からか飛出して来た黒い影が、物も言わずに刺客の一人を投げ倒して、主膳の傍《そば》に走り寄った。

底冷えの強い夜だというのに、垢《あか》じみた袷《あわせ》一枚を痩《や》せた素肌に引っかけ、伸び放題の月代《さかやき》の下から狼みたいな眼を光らせた、その浪人者は、

「助けたら、いくらくれる?」と叫んだ。

「五十両」と、主膳は叫び返した。

「退けッ」

「退かぬと斬るぞッ」

刺客達が、ジリジリ迫って来ると、浪人は素早く抜いた刀を一振りして押え、主膳に、

「嘘はつかねえな？」

「つかぬ」

「よし。嘘をついたら、お前さんも殺《や》るぜ」

背中を丸めるようにして刺客達へ振向いた浪人は、「野郎ッ」とか「畜生め」とか、野卑《やひ》な掛声を喚《わめ》き散らしながら、刺客の中へ斬り込んでいった。

供の侍二人は、重傷を負っていたし、田中源蔵が、右腕一本でやっと一人を斬倒したときには、浪人の凄まじい剣は三人の刺客を地に這《は》わせていた。

あとの二人は逃げた。

浪人者、つまり鳴海平九郎は、今でも、その逃げたうちの一人が、酒巻十太夫だったような気がしている。

この夜以来——平九郎は、主膳を守る番犬の一匹として雇い入れられ、住み馴れた江戸をあとに、主膳に従い、一年のうち半分は雪に埋もれている山国の藤代藩の領地

へ赴いたのである。

三

「十太夫、見つけたぞッ」

平九郎は叫んだ。と同時に、彼は樹蔭《こかげ》から躍り出して、まっしぐらに酒巻小平太の振向いた頭へ、横撲りの一刀を浴びせかけていた。

「うわッ」

まだ、少年のおもかげを残している小平太の若々しい顔が恐怖に歪《ゆが》み、忽《たちま》ちに血を浴びて、密生している熊笹の中へ転げ込んだ。

「あッ、弟ッ」と、十太夫は跳ね起きて抜刀し、

「鳴海平九郎かッ」

「見つけたぞ。俺が見つけたぞ」

平九郎は、ダラリと刀を提げたまま、十太夫を睨《にら》みつけた。

「弟ッ。しっかりせい」

「もう、駄目だ」

小平太は苦痛の激しさに熊笹を摑《つか》んで、呻き、もがいている。

「よくも――よくも弟を――」

「何をぬかす。貴様は、やっぱり、鷲見のじじいの狗《いぬ》だったのだな。御家老様に取入って心を入れ替えたと見せかけ、騙し討ちにするとは卑怯な奴だ」

「黙れ、平九――お前のような、ごろつき者に、お家の大事がわかってたまるかッ」

「ふン。お家の大事だと――おい。俺も今では、藤代藩の立派な藩士だ。二十石三人扶持の奉行所吟味方というお役目を持っているのだぞ」

「うぬ――」

十太夫は、眼をむき出し、弟の重傷と我身の危険とに板挟みになり、三日間、山中を迷い歩き逃げ廻っていた疲労と焦《あせ》りで黒ずんだ面上に血をのぼらせ、とにかく平九郎を殪《たお》さなくてはどうにもならないこの場の危急を、何とか切り抜けようと、必死に迫って来た。

一歩、二歩と退り、間合いを計りながら、平九郎は言った。

「貴様。御家老様をやっつけたつもりでいると大間違いだぞ」

「な、何ッ」

「御家老様はな、前田典庵《てんあん》先生のお手当によって、お命をとりとめたわ」

「ええッ――」

十太夫は、仰反《のけぞ》るほどに驚いた。

主膳が死ねば、鷲見忠左衛門は、かねて十太夫と打合せた通り、隣藩《りんぱん》の鳥海家《とりみけ》へ密使を走らせて、藩主、鳥海正直《まさなお》から直々に、若い主君に意見をして貰い、みずから乗出して、藩政を握ることになっている。

鳥海藩の藩主は、稲葉守の伯父に当り、かねがね、独裁政治をやって甥の稲葉守を丸め込んでいる永井主膳を憎んでいる。だから隠居同然に押し込められていた鷲見を気の毒がって、絶えず連絡を保《たも》ち、折あらば、主膳一派を倒し、主膳にそそのかされて享楽と濫費《らんぴ》に溺《おぼ》れ切っている稲葉守を救い出し、藤代藩の藩政を建直したいと熱望している。

少年の頃から鷲見忠左衛門に仕えていた十太夫が、ひそかに命を受けて、表向きは鷲見を裏切ったように見せかけ、永井主膳一派の仲間入りをしたのは一年ほど前のことだ。

十太夫は、この春、財政に行詰った藩の苦境を切抜ける為、自分から主膳に願い出て、大坂へ飛び、堂島の豪商から一万両の金を借り出すことに成功して以来、主膳のめがねに適《かな》い、此頃《このごろ》では、お気に入りの田中源蔵や、鳴海平九郎のように、腕はたつが、ただもう猟犬のように獰猛《どうもう》な忠実さよりも、十太夫の爽《さわ》やかな弁舌や、気転の利《き》く才能を愛して、一日も十太夫なくてはならぬ、というふうになってきている——ということは、主膳の権力もようやく地について、藩士ばかりではなく、城下の富豪達とも密接な関係が出来、その威勢の下に、誰も彼も膝を折るようになり、従って暗殺の危険さえも感じられなくなってきている矢先だった。

猟犬どもは、自分達の代りに主人の愛撫《あいぶ》を一身に集め出した酒巻十太夫を憎み、嫉妬した。

平九郎も、その一匹、いや一人で、ことに一生ごろつき浪人で終るかと思っていたところを、ともかく一人前の侍になったのは、ひとえに主膳が拾い上げてくれたからだ、御家老様の為なら命をも惜しまないと気負い込んでいただけに、尚更《なおさら》、十太夫への憎悪は激しい。

「くたばれッ」

平九郎は、まだ拭《ぬぐ》い切れない江戸時代のごろつき暮しそのままの悪罵《あくば》を浴びせて、十太夫に斬りかかった。

鋭い野鳥の声を頭上に浴びながら、二人は斬り結んだが——あの夜、駕籠傍から突込んだ一刀に、充分の自信を持っていただけに、十太夫の落胆は一通《ひとと》りのものではなく、主膳が生き返ったとなると、鷲見忠左衛門の救いの手を頼りに、山の中をうろつき廻っていた三日間の疲労が、どッと出て、見る間に、平九郎に斬り立てられていった。

二人の気合いと、嚙み合う刃の音に、あたりの山道を警戒していた藩士達が気づいて、あちらでもこちらでも合図の板木《ばんぎ》や警笛や、太鼓の音が湧き起り、この山林へ近づいて来る。

「くそッ。手前《てめえ》の首は、どうしても、この俺が――俺が貰うのだッ」

手柄を一人じめにして、主膳から賞《ほ》めて貰いたい一心で、平九郎は歯を嚙み鳴らし、無頼《ぶらい》の過去に何度も潜り抜けて来た真剣勝負の太々しい度胸を丸出しにして、遮二無二、十太夫を追詰めて行った。

そのとき――ピクリともしなくなっていた酒巻小平太が、熊笹に埋《うず》まった首を上げ、ジリジリと半身《はんみ》を起した。土気色の頰は、油のような汗に濡れている。

「死ねッ。死ねい」と、樹から樹の間を、獣のように跳躍しつつ、平九郎は、小平太が起き上ったことには気づかず、その眼の前、一間ほどのところへ背を見せて飛込んで来たとき、小平太は身をよじらせるようにして、抜打ちに平九郎へ飛掛かった。

「うわッ。やりゃアがったなッ」

尻から太股へかけて斬り裂かれ、平九郎は振向きざまに、小平太の頭を刀で撲りつけた。

小平太が、ストンと殪《たお》れ、もう二度と動かなくなった。

「こ、小平太ッ」

悲愴な絶叫と共に十太夫は、平九郎へ殺到しかけたが——そのとき、ようやく、この山林に踏み込んで来た山狩りの一隊が、樹々の間から喚き声をあげながら群がって来た。

「平九。この恨み、きっとはらすぞ」

恐ろしい執念の一瞥《いちべつ》をくれて、十太夫は身を翻《ひるが》えし、崖の縁から飛んだ。

討手の中の一人——田中源蔵は、小柄だが精悍《せいかん》な体を平九郎の前に現わし、小さな白い眼をニヤリとさせて、熊笹の上に転がったまま呻《うめ》いている平九郎に言った。

「十太夫の首は、俺がとる。おぬしは、まア、小平太をやっつけたのだから我慢しろ」

「くそッ。こ、小平太の奴め、生きていやがった、生きていやがった」

「まあ、焦るな。この下の谷間に、傷によく利《き》く湯が湧き出している。のんびり養生してから城下へ戻れ」

源蔵は、そう言い捨て、ギラリと抜刀すると、数人の討手と共に、崖の下へ滑り降りて行った。

鳴海平九郎が、山狩りの足軽二人に助けられて、この山の谷底にある温泉に辿《たど》り着いたのは、それから半刻ほど後のことである。

温泉と言っても、渓流沿いの岩の間から噴き出している原始的なもので、山の木樵や農民達を泊める小屋が一軒ある。

小屋の主は、もと藩の足軽をしていた男で、茂助という老人だ。

平九郎が担ぎ込まれると、薄暗い小屋の土間に切ってある大きな囲炉裏《いろり》に向って、何か煮物でもしていたらしい若い女が振り向き、

「ああッ」

眼を見張って叫んだ。

「おう――お前は……」と、平九郎も、思わず傷の痛みを忘れて、

「お前、お延《のぶ》か――」

四

この山の湯は〝鹿の湯〟と呼ばれていた。

主の茂助は、六尺に近い巨漢だが、温厚な人物で、数年前に女房を失ってからは、子供もない一人暮しだったが、お城の足軽をしていたときの友達の娘で、十四のときから孤児になり、身寄りもなくなった、お延を引取って世話をしていたものである。

お延は、十六の夏に、永井主膳の邸へ、下働きの女中として住込むことになったが、二年ほどして鳴海平九郎が、この山国の城下町へやって来ると、主膳は、平九郎に小さな家を与え、身の廻りの世話をさせる為に、お延をつけてよこしたのだった。

その夜、否も応もなく、お延は、平九郎に犯されてしまった。

腹をへらした熊が、行きずりの小兎に飛掛かり、慾望を満したのと同じことで、お延は、あの夜の、恐ろしい記憶は、今もって忘れ去ることは出来ない。

「お前だって、一度や二度じゃない。あれから何度も、俺の言うままになっていたんじゃねえか」

平九郎は、小屋の中二階の、がっしりと、黒光りする柱や梁《はり》に支えられた部屋に、下半身は繃帯だらけの体を床の上から伸ばして、傷の手当を終えたばかりのお延の手を摑んだ。

「何するンですッ」

振り払おうとして腰を上げかけたお延は、反対に、その動きを利用されて、勢《いきお》いよく、平九郎の腕に抱きすくめられ、床の上へ横倒しになった。

眼を怒らせ、引締った唇を固く結び、四肢《しし》をもがいて、お延は、必死に抵抗した。

「いいじゃねえか、お延。俺は怪我をしているのだぜ」

平九郎は、左手で女の首を抱《かか》え込み、右手で、グイグイとお延の襟《えり》を引きはだけながら、浅黒い健康な胸肌へ鼻を擦《す》りつけようとする。

「俺の、俺の子供まで生んだくせに、何だってお前は――」

と、平九郎は、柄にもない甘ったれた声を出した。

「旦那様の子供じゃないッ。あ、私《あたし》だけの子供だ」

お延は、抵抗を止めなかった。

窓からは、湯煙りが薬臭い匂いと共に、部屋の中へ漂ってきている。

渓流を隔てた向う側の山肌は、山から吹き下して来る冷めたい風に、落葉が雨のように、この谷間へ降り注ぎ、板張りに石を置いた屋根にも音をたてている。

「痛いッ」

膝《ひざ》までまくれ上った脚をバタバタさせていたお延に、尻のあたりを蹴られ、平九郎は手を放して喚いた。

お延は飛び離れ、荒い呼吸を残して、階下へ駈け降りて行った。

「畜生」

苦《にが》く笑って、床の上へ体を横たえた平九郎の耳へ、晴れやかな、男の唄声と、幼児の笑い声が聞えてきた。

窓に擦り寄って外を見ると、渓流にかけられた丸木橋を、木樵らしい若い男が、三歳になるお延の子供、又太郎を背負って、この小屋へやって来るところである。

一ツひよ鳥、二ツふくろ、
三ツみみずく、四ツ夜鷹、
六ツ椋鳥《むくどり》……

と、このあたりの数え歌を、面白く拍子をとりながら、木樵の男は又太郎に聞かせてやっているのだ。

陽が山に隠れ、風が鳴った。夕暮れも、もう間近い。

お延が、小屋から走り出て、木樵の男、又蔵を出迎え、何か囁《ささや》いたかと思うと、二人は一斉《いっせい》に、平九郎が覗いている小屋の窓を振り仰いだ。二人の顔に不安の影が濃い。

(あの男が、お延にくっついていやがるのだな)

舌打ちして、平九郎は床へ戻り、大刀を引寄せると、白く光る刀身を少し抜いて、ぼんやりと映《うつ》る自分の顔をしげしげと見詰めた。

「よく似ている。俺に、そっくりだ」

三年前に、お延が妊娠したと判って面倒臭くなり、いくらかの金を持たせて追払《おっぱら》おうとすると、お延は、

「お金なんかいりませぬ。私の親代りになっていてくれる茂助小父さんは、もとはお城の足軽だったし、私一人、勝手に逃げ出しては、小父さんが後で、どんな迷惑をうけるかと思い、我慢をしてきたのです。子供が生れたら、私が育てます」

金を叩《たた》き返して、〝鹿の湯〟へ帰ってしまったのである。

黙ってもいられないので、主膳に報告すると、

「女中などに手をつけるものではない。お前も今は、立派な武士ではないか」

「はッ。恐れ入ります」

「御城下には、お前に相応した遊び女も居る筈《はず》だ」と、主膳は、ツジツマの合わない

論法で平九郎をたしなめたものだ。

その夜は、鷲見一派の侍達が会合している長松院《ちょうしょういん》という山寺を、主膳の命令で襲撃して、平九郎は、田中源蔵と共に暴れ廻り、敵を三人も斬殺したものだったが——。

一昨日、この〝鹿の湯〟に担ぎ込まれて、お延に出会い、そして又太郎に出会った。

山の子らしい、クリクリと肥った三歳の又太郎の顔は、まさに、平九郎そっくりだったのである。

平九郎は、刀身に映る自分の顔を眺めては身動きもしない。

茂助は、山狩りに狩り出されて、朝から出て行ったし、湯治の客もいない。

森閑《しんかん》と静まり返った谷間に、夕闇が濃くなって行った。

(お延のやつ、俺とのことは茂助に黙っているらしい)

それは、茂助が夜帰って来て、平九郎に接する態度でわかる。

茂助の留守中は、木樵の又蔵が来て、母子《おやこ》の面倒を見てやっている。山狩りに出る木樵、百姓達は一日交替になっているらしい。

そう言えば、まだ酒巻十太夫を発見することは出来なかった。

あれから二度ほど、山峡にひそむ十太夫を見出した藩士達の攻撃を切り抜けて姿を隠して以来、全く十太夫は姿をくらましてしまっている。越後境の山々から、江戸へ通ずる街道筋にまでも、藤代藩の討手は差向けられているのだったが――。

小屋の階下《した》では、低く囁《ささや》き合う、又蔵とお延の気配がしていたが、やがて、夕飯の仕度をするお延の動きが手に取るようにわかり、馴《な》つき切って甘えている又太郎に、又蔵が、また歌を唄ってやり出した。

（お延が、俺の子供を生んだ。俺に、そっくりの子供を生んで、そいつが、もう三ツにもなっているのだ）

平九郎は仰向けに寝転び、殺伐《さつばつ》な半生に、かつて見せたこともない、うるんだ眼の色になり、

（よし。明朝、湯へ入るときに、子供を抱いてみてやろう。抱いて、一緒に湯へ入れてやるか――）

そう思ったとたん、急に、お延が愛《いと》おしくなり、お延とくっついているらしい木樵の又蔵を、斬り捨ててやろうと思った。

五

「坊主。一緒に入らぬか。湯に温まりながら、俺が歌を唄ってやるぞ」

階下へ降りた平九郎が、精一杯の微笑を浮べながら、手を差し出すと、又太郎は、急に怯《おび》えた眼つきになり、お延の体へ抱きついた。何度やっても同じ結果なのである。

お延は、又太郎を抱き上げると、白い眼で平九郎を睨み、言葉をかける隙も与えずに、土間から表へ出て行ってしまった。

丸太を組んだ階段を降りたところが、茂助達の部屋と隣合せの板の間で、広い土間に接しており、この板の間の端に、渓流の岩風呂へ通ずる渡廊下の入口がある。土間にも、冷ややかな朝の大気が流れ込み、渓流の音を、暖く陽の光りが包んでいた。

舌打ちをし、妙に、白々しい、淋しい気持になって、平九郎は渡廊下の柱に摑まりながら岩風呂へ降りて行った。

素朴な板屋根の下の、岩に囲まれた湯壺には、やや白濁した温泉が溢《あふ》れていた。

ゆっくりと体を浸《ひた》すと、痺《しび》れるように、薬湯の温《あたたかみ》味が傷口へ沁《し》み込んで来る。

昔、上杉謙信が出陣の帰途、負傷した体を癒《いや》して行った、などと伝えられるだけに、この山の湯へ担ぎ込まれてから七日ほどのうちに、平九郎の傷は、めきめきと良くなり、昨日からは一人で、体を湯壺へ運ぶことも出来るようになった。

「鳴海様。おいででございますか?」と声をかけながら、主の茂助が、大きな石を平《たいら》に削って並べた洗い場へ、入って来た。

茂助は、五十を越した老人だが、大きな体にも、朴訥《ぼくとつ》な面貌にも何処か、おっとりとした品格がある。

代々、この〝鹿の湯〟を守る落合家の次男に生れ、長兄が亡くなった後に、お城の足軽奉公を辞め、山へ戻って来ただけに、礼儀も正しく、ともすれば平九郎は、茂助に向い合うと威圧されるような気持になるのだ。

「お呼び下さればお迎えに上りましたものを――」と、茂助は湯加減を見ながら、渓流の水を引き入れる仕掛けがしてある湯壺の中の栓をゆるめたりした。

「十太夫は、まだ見つからぬようだな」

「はあ――何せ、この山の中に、食物もとらずに迷い込んでおりましては――もう何処かで死んでいるのかも知れませせぬな」

「くそッ。いまいましい奴だ。この傷さえなければ、とっくに俺が料理していたところなんだが――」

「鳴海様――」

「うむ。何だ？」

「何でございますか、今朝、急に、富倉峠の御番所からお布令《ふれ》がありましてな」

「何の布令だ？」

「今日からは、山狩りの人数を出すに及ばぬというので――」

「何――じゃア、十太夫を見つけ出したとでも言うのか？」

「いいえ、それが――そうでもないらしいので――」

「では、何だと言うのだ」

「何か知りませぬが、御番所へ呼び出されて行った山の者の話によりますと、御番所の役人方は、只事でない顔色をしておいでだったそうで――」

「ふーむ。何だろう？」

考えて見たが、平九郎には判らなかった。

主膳の容態が急変したのか――そうなれば勿論《もちろん》大変なことになる。

主膳に代って鷲見忠左衛門が乗出して来るのは判り切っているし、そうなれば、今まで、主膳派だった藩士達も一斉に弾圧を加えられるに決っているし、どうにか身の安全なものは、一言もなく鷲見派に寝返りを打つに違いない。

だが——執政、永井主膳が、酒巻小平太を討果した平九郎を賞め、傷が癒って城下へ戻り次第、三十石を加増し、計五十石の大番組へ引上げてくれるという知らせを使いの者に持たせて寄越したのは、昨日の朝のことではないか。

その使者の話によれば、主膳の体は日毎に恢復して食も進み、もはや絶対に心配は要《い》らぬところまで漕ぎつけたということである。

「御番所の内は、蜂の巣を突っついたような騒ぎだったそうで——と申しても私共には何も耳に入らず、ただ、顔色を変えた御家中の方々が、右往左往しておられましたとか——」

「ふーむ……」

「お布令を言渡されると、すぐに、山の者は追い帰されたそうでございます」

何と考えても判らなかったし、とにかく御家老様のお体さえ別状なければ、俺が心配することはあるまい、と平九郎は単純に思い直したが、気は晴れなかった。

洗い場で、茂助に背中を流させながら、平九郎は訊いた。

「おやじ。俺の面《つら》は恐ろしいか？」

「はあー？　いいえ、左様な――」

「だが、この家の子供は、俺の顔を見ると怖《こわ》がる」

「ははは。そんなことはござりますまい。しかし、不思議でござりますな。又太郎は、あなた様にそっくりで――」

「そうかな」

「お延も、永井様お邸へ御奉公へ上っておりますときに、渡り中間《ちゅうげん》の何とか申す男に騙《だま》され、あの子を生んだのでござりますよ」

「ふーん。その男は、どうした」

「逃げましたそうで――お延が身ごもったと知ると、お城下から姿をくらましてしまったそうで――」

「それで、お前は泣き寝入りをするつもりか――」

「もう三年も前のことでござります。それに、お延も、何と訊きただしてもくわしいことを話しませんのでな」

古い友達の娘を引取っているうちに情《じょう》が移り、今では、本当の娘のように思われる、と茂助は語り、

「でも、近いうちに、お延にも聟《むこ》が参りますのでな」

「あの、木樵の男か」

「はい。働き者で、気性のしっかりした男なので——それに、父《てて》なし子の又太郎を、よく可愛がってくれますのでな。お延の子も、始めは、私の名をとって茂太郎とつけましたが、お延が、又蔵の一字をつけたいと申しますので、去年、又太郎と変えたのでございます」

「その、又蔵という奴。今日は姿を見せぬな」

「この裏山で、炭を焼いております」

再び、湯壺に浸りながら、平九郎は、嫉妬《しっと》に胸を嚙まれ、居てもたってもいられなくなった。

(よオし。この山を出るときは、又蔵めを叩っ斬り、厭《いや》でも、お延と子供を連れて城下へ戻るぞ)

茂助には背中を向け、見る見るうちに眼を殺気に光らせ、平九郎は、低く唸った。

「痛みますのか?」

茂助が声をかけるのへ、

「うるさいッ。黙れ。あっちへ行けッ」と、平九郎は身を震わせて怒鳴りつけた。

その日の夕方――小屋へ戻って来た木樵の又蔵は、顔も体も硬張《こわば》らせて、一言も口をきかず、夕飯を済ますと、歌を唄えとせがむ又太郎を抱いて、岩の湯壺へ入り込んだまま、何時までも出て来なかった。

六

その夜――平九郎は、お延を無理矢理に呼びつけ、飯の給仕が済むや否や、飛び掛って手籠めにしようとした。

お延の叫びに、炉端で蹲《うずくま》っていた又蔵が中二階へ飛上り、

「助けて――助けてエ」

「何をなされますかッ」と、懸命に平九郎の腰へ抱きつき、

「お延ッ。に、逃げろッ」

お延が、転げるように丸太の階段を駈け降りて来ると、湯から上がって来た茂助が、

「どうしたのだ、お延」

お延は、茂助に抱き止められ、口もきけずに、ただ、二階を指さすばかりである。

又太郎は炉端で眠っている。

平九郎の部屋で、怒声と悲鳴が聞え、音をたてて、又蔵が階段から転げ落ちて来た。平九郎に撲り飛ばされたらしい。

「もう我慢が出来ねえ。おい又蔵とか言ったな。覚悟しろよ」

平九郎は大刀を提げ、また疼《うず》き出した傷の痛みに顔をしかめながら、のっそりと階段口へ現われた。眼が凄まじい憎悪の色に光って、

「おい、お延。俺と一緒に城下へ戻れ。そうしたら、この男の命は助けてやってもいいぞ」

「厭です。厭でございます」

お延は、又蔵に、しがみついた。

茂助が進み出て「一体、どうなされたので——」と言いかけるのへ、平九郎は、

「おやじは黙っておれ——おい、お延。お前の生んだ子供は、正にこの鳴海平九郎の後継ぎだぞ。子供が父親の許《もと》へ帰るのは当り前のことだ。従って、母親のお前も……」

「いいえ違います。私は、子供と一緒に捨てられた女でございます」

「お延——」と、茂助は眼を見張って、彼女の腕を摑んだ。

「小父さん、すみません」

お延は唇を噛んだが、キッと平九郎を見上げ、

「無理矢理に手籠めにされ、子供が出来たと知って、一も二もなく追い払ったのは、誰方《どなた》でございますか」

「お前だって、手前から進んで逃げて行ったようなもんじゃねえか」

「ですから、このままにしておいて下され」

「お延。あの子供は、俺の子供だ」

「私の子供でございます」

「俺が生ませた子じゃアねえか」

平九郎は、一歩、二歩と、階段を降りて来る。

茂助はすべてを悟ったらしく、後手に、お延を庇《かば》って退《さ》がりながら、強い声で、

「部屋へお戻り下され」

「何イ」

「お延はな、あなた様が、何時もお相手になさるような、泥だらけの女じゃありませぬ」

平九郎は、チラリと茂助を睨んだが、急に、意外なほど率直な声で、哀願するよう

に、お延へ言った。

「お延。俺はなア、あの子供が可愛いのだ。可愛くて手離せなくなったのだ」

「又太郎は、旦那様のことなぞ、大嫌いです」

「そう言うな。俺は、確かに、お前の言う通りの悪い奴かも知れねえ――だが、今は違う。俺ア、自分の血を分けた子供が、こんなに可愛いもんだとは、夢にも、思ってはみなかったのだ。自分で自分が呆れ返るほどに、あの子供が可愛いのだ――な、わかるか？――だから謝《あや》まる。今迄のことは忘れろ。おい、お延。お前も俺の子供を生んでくれた女だ。そう思うと、お前にも、俺は――」

平九郎は絶句した。手擦《てす》りを摑んだ手がブルブルと震えている。

「な、戻ってくれ。お前に不自由はさせねえ。着物でも、何でも買ってやる。俺も、城下へ戻れば、五十石取りの立派な侍だぞ」

「お延の聟は、この又蔵でござります」と、茂助がキッパリと言った。

「又太郎の父親も、又蔵でござります」

「何だと――」

平九郎は、また兇暴な眼つきになり、

「又蔵、此処へ来い。いや、一寸《ちよつと》ばかり、表へ出ろ」

又蔵は、覚悟を決めたらしく、いきなり土間へ駈け降りると手斧《ちような》を摑んで、戸外へ飛出して行った。

「又蔵さんッ——」と、お延が絶叫をあげる。

何時の間にか、眼を覚ましていたらしい又太郎が、火がついたように泣き出した。

「坊主、泣くな。これ、お前の父親は、この俺だぞ。坊主も大きくなったら、俺の後を継ぎ、藤代藩の立派な侍になれるんだぞ」

なだめ、すかすように、精一杯の微笑を浮べて、近寄る平九郎へ、又太郎は恐怖の叫びをあげて、いきなり、その小さな手に炉端の長火箸を摑んで投げつけたのである。

「何をするッ——」

怒鳴りつけたが、さすがに凝然《ぎようぜん》となる平九郎に、茂助が、厳しく言った。

「お諦めなされ。子供は、あなた様を父親とは思いませぬ」

「うるさいッ」

嫉妬に狂い、平九郎は、大刀を抜放ち、まず、又蔵を殺してやろうと、土間へ降りた。そのとき——戸外の闇から、又蔵が飛込んで来た。眼が血走り、喉《のど》を引きつらせながら、彼は、

「来た、あなた様を殺しに来ました」

「何イ――？」

「御家中《ごかちゆう》の方々が、あなた様を斬りにやって来ましたッ」

「何を言やがるのだ、こいつは――」

「俺《おら》は、今まで、知っていて黙っていたんだ。知っていて、黙って、あなた様が殺されるのを待っていたんだ」と、又蔵は、土間へぺたりと坐り込み、頭をたれ、

「勘弁して下され、勘弁して下され」と泣き出した。

「又さん。一体、何があったと言うのだ」と、茂助が抱き起すと、又蔵はハッと顔を上げ、戸外の闇の彼方――渓流の向う側の山道を、こっちへ向って来る、いくつもの提灯の光りを示しながら、叫んだ。

「鳴海様。早く、早く逃げて下され」

「わけを言え。俺が何で殺ろされなくてはならねえのだッ」

「又坊の本当の父親だと思うと、どうにも騙《だま》し討ちになるのを見てはいられなくなりましただ」

「だから何だと訊いてるンだ」

「あの提灯が此処へ来たんじゃ間に合わねえ。鳴海様。御家老様は、お亡くなりにな

ったそうでございます」

「何だとッ」

「俺は、今日の夕方、炭焼きの帰り途に、この上の山道で、お侍方が話し合っているのを、そっと聞いてしまったんでございます」

提灯の灯影《ほかげ》は、点々と、山道に動いて〝鹿の湯〟の小屋に迫って来ていた。

七

「もう、いい。此処から帰れ」

平九郎は、脂汗に体中を濡らし、喘《あえ》ぎながら、又蔵に言った。

〝鹿の湯〟の裏山を、木樵達がよく抜ける細道伝いに、半里も登って来たろうか――あたりは、月もない闇夜に包まれた山林で、時折、狼の吼える声が、遠く聞えている。

又蔵の持っている提灯に、ぼんやりと照らし出された平九郎の顔色は土のようになっていた。肉のあがりかけた傷口の一部が破れて、軽衫袴《かるさんばかま》にも血が泌《し》み出している。

竹の水筒から、水を一口飲み、平九郎は、

「あとで、迷惑はかからなかったろうな、又蔵――」

「何とか、おやじさまが言い抜けます。さ、それよりも早く――」

「もう大丈夫だ。俺、一人で行ける」

「でも――」

「帰れと言ったら帰れッ。口惜《くや》しいが仕方がねえ――お前にもしものことがあれば、お延も子供も、取り返しがつかない目に会うのだからな」

無理に笑って見せたが、又蔵の顔は硬張っていた。

小屋を逃げ出し、又蔵の道案内で、必死に此処まで辿《たど》り着くまで、一刻近い時間がたっている。

永井主膳は、酒巻十太夫に殺害されたのだった。

十太夫は、あれから大胆不敵にも単身、城下へ戻って行き、討手の意表を衝《つ》いて、主膳の邸へ忍び込み、今度は間違いなく首を討ったというのである。

又蔵は、今日の夕方、山の小道で立話をしている田中源蔵と、四人の侍達の話を、偶然に盗み聞いたのだ。

まさか、十太夫が、一人切りで敵の手中へ引っ返してくる、などとは考えも及ばず、藩の討手は、国境から、江戸や、加賀の国への街道筋を目指して捜索を続けていた、その裏をかいて、十太夫は変装もせず、夜の闇にまぎれて、堂々と藤代の城下へ引返して来たのは一昨日の夜更けだったそうだ。

主膳の邸の庭へは、富田川の流れを引入れて、庭から舟で、川遊びに出られるようになっており、十太夫は、富田川から川底を潜《もぐ》ったり泳いだりしながら、巧みに、邸内へ潜入したらしい。

勿論、主膳邸の警戒も厳重ではあったが、まさか、十太夫が——と思う隙が何処かにあったし、十太夫もまた必死で、庭を警戒していた侍を三人も斬り捨て、かつて配下だった頃に、その隅々まで頭の中に入れておいた邸内へ、まっしぐらに駈け込み、主膳を討果すと、詰め寄って来る者達を大声で叱りつけたという。

「一同も見らるる通り、もはや永井主膳の世ではない。鷲見忠左衛門様は、隣藩、鳥海公の御指図により、殿のお声がかりもあって、以後、わが藤代藩の首席家老として藩治をつかさどられることになったのだぞ。下手な真似して後悔するなッ」

十太夫の気魄《きはく》に呑まれて家来達も手が出なくなった。

現に、主膳の首の無い体を眼の前にしては動揺せざるを得ない。

十太夫は、主膳の邸へ斬込む直前に、鷲見の隠宅を訪れて打合せてあったらしく、鷲見は、時を移さず早馬の使者を立てて、十五里ほど離れた隣藩の鳥海家へ通報し、鳥海公は、折返し、使者を城中に寄越し——このような家中の紛争《ふんそう》が、江戸の将軍家に知れたら、藤代十万石は忽ちに取潰しに合うこと必定《ひつじょう》である。これからは老臣の鷲見忠左衛門を執政に戻し、藩治に意をつくせ——と、甥の稲葉守を強く叱りつけて来た。

もともとお坊っちゃん育ちの稲葉守だけに、主膳が死んでしまったとなると、持前の癇癖《かんぺき》だけでは、伯父に楯《たて》つくことも出来ない。

鷲見は、翌日、強引に登城して、稲葉守に目通りをし、執政の座に復帰することになった。

形勢は、一夜のうちに逆転したのである。

主膳に弾圧されて鳴りをひそめていた鷲見派や、煙ったがられて隠居同然に押しこめられていた老臣達は、眼が覚めたように鷲見家老の下に馳《は》せ参じたし、酒巻十太夫は、二十九歳の若さで、一躍二百石の側用人に抜き上げられてしまった。

山狩りに出ていた藩士達も、それぞれの身の振り方を考えて青くなったり、狼狽の極、領外へ逃亡する者も出たらしい。

主膳の下に居て密接な関係を持っていた者ほど、慌《あわ》て方が激しく、首をとろうとして追っ駈け廻していた十太夫が、反対の立場になって自分達の処置を考えているのだと思うと、生きた空《そら》はなかった。

田中源蔵も、その一人だ。

しかし、彼は、主膳に取入ったと同様、早くも頭を働かせて、十太夫の怒りを何とかして和《やわ》らげ、加えて鷲見家老に取入ることを考えはじめた。

城下へも戻らず、同じ主膳の猟犬、番犬だった侍達四人と謀《はか》って、まず、鳴海平九郎の首を討ち、これを愛弟、小平太の仇と恨む十太夫の前へ供《そな》えて御機嫌を直して貰おうというのである。

五人の侍が〝鹿の湯〟の平九郎襲撃の相談をやっているのを、又蔵が盗み聞いたのだ。

一度は、そのまま黙っていて、平九郎が殺されるのを、むしろ喜んでいた又蔵も、あのとき、源蔵達の提灯の灯を見た、とたんに、平九郎が又太郎の本当の父親だ、という事実を振返ってみて――素朴で正直な彼は、何としても平九郎を助けなくては、と思い立ったものである。

大神山の鞍部をいくつか越え、越後境まで案内すると言ってきかない又蔵を、平九郎は無理に帰した。

「仕方ございません。では、この提灯をお持ちなさりませい」

「お前は暗闇でも道に迷わねえのか」

「歩き馴れた道でござりますだ」

「鷲見忠左衛門の天下になれば、お前達領民は嬉しいか？　どうだ？」

「別に――」と、又蔵は、押し殺したように、

「俺達にとっては同じでござります、働けば働くだけ、お上に吸い取られるばかりで――」

「ふン――俺も、こんなことなら、何も雪深い、こんな山国へ、のこのこ出て来るンじゃなかった」

　太い溜息をつき、平九郎は、

「俺ア、主膳に飼われていた番犬《いぬ》だったのだ。野良犬から飼犬に出世して、それからまた今度は、元の野良犬に戻って行く哀れな奴だよ」

「鳴海様」

「もう二度とお前達の前には出て来ねえ。安心して、子供を育ててくれよ、又蔵――」

　二人は、提灯の淡い光りの中で、じっと眼を見交した。と、平九郎は引ったくるように又蔵の手から提灯を取り、杖を引きながら闇の中へ分け入ってしまった。

翌朝――鳴海平九郎が、大神山の南を、越後へ抜ける鞍部へ辿《たど》り着いたところを、これも夜通し〝鹿の湯〟から追い迫って来た田中源蔵の一行に見つけられてしまった。

又蔵から、くわしく抜け道を教えられたのだが、平九郎は道を間違え、皮肉にも源蔵達が登って来る山道に迷い出て、杖を引き引き、歯を喰いしばって傷の痛みを耐えながら、枯草の鞍部へ出たところを、忽ちに発見されて、取り囲まれた。

相手は八人だった。みんな平九郎と同じ主膳の番犬だった奴等だ。

「鳴海。気の毒だが覚悟しろよ」と、田中源蔵が冷ややかに言って抜刀した。

「源蔵。お、俺の首を、十太夫にやるつもりか。ふン、そうはいかねえぞ」

平九郎は抜き合せて、低く身構えたが、ジワジワと間を詰めて来る八本の白刃が、こんなに恐ろしいものだとは生れて初めて知った。

呼吸が乱れ、全身の力という力が、みんな、冷え冷えと晴れ渡った晩秋の空に吸い上げられてしまったようで、自分の二本の足が、まるで地についていないように感じられた。

「やっつけろッ」

「死ねッ、平九――」

八本の刃は、所嫌わず平九郎に襲いかかった。

「くそッ」

一本の刃を躱《かわ》して、一歩踏み込み、源蔵を目がけて刀を振ろうとしたが、腰がきまらず、ふらりとなったところへ、非情な田中源蔵の一刀が、

「ええい」

横撲りに平九郎の頭を斬った。

のめって倒れる平九郎へ乱刃が容赦なく振りかかった。

混濁して行く意識の中で、鳴海平九郎は、ふッと、

(俺ア、三十何年の一生のうちで、何をして来たんだろうな。そうだ。子供を一人残した。あの子供が、お延や、又蔵や、茂助爺に育てられて、俺の血を後の世に残して行ってくれるのだ)

そう思うと、本能だけに生き、獣のような人生の終りに、堪らない淋しさを感じながらも、一抹の楽しさが、彼の臨終を見守ってくれたようである。

(又太郎ッ――良い子になれよウ)

鏡のような青空の彼方に、越後の山々が初雪をかむっている。

黒雲峠

この峠は、駿河《するが》と甲州の境にある。

その頂上は、折り重なった山々に囲まれ、見晴しは余り利《き》かず、甲州側へ抜ける山道の両側は、楢《なら》や杉の原始林だった。

谷間にあった無人の炭焼き小屋の焚火《たきび》に一夜を明し、この日の未明、たちこめる秋の山霧を雨合羽《あまがっぱ》に避け、峠へ登って来た五人の侍は、いずれも築井家《つくいけ》の藩士である。

彼等は、やがて此処《ここ》へ登って来る筈《はず》の、二人の侍を待受けているのだ。

間もなく、この峠の上で、二対五の生命《いのち》を賭《か》けた斬合いが始まろうとしている。

一

築井家の奥用人、玉井平太夫《へいだゆう》が、鳥居文之進という馬廻役《うままわりやく》の青年武士に討たれたのは二年前の夏のことだ。

築井家は山国の小藩で、平太夫は、もと奥祐筆頭《おくゆうひつがしら》をつとめ、城の御殿での記録文書を筆記していて、身分は十五石四人扶持《ぶち》という小身者だったが、能書の者の多い祐筆衆の中でも、とりわけて、その筆蹟《ひっせき》は見事なものだった。

やがて、藩主に書道を教えるようになり、持ち前の愛嬌《あいきょう》と機智《きち》を大いに認められ、藩主の築井土岐守《ときのかみ》は、手習いのときばかりではなく夜のお伽《とぎ》の相手にも呼ぶようになった。

平太夫は乱舞や鼓《つづみ》にも長じていたし、話術も巧みで藩主の奥方にも気に入られ、それからはとんとん拍子に出世して、鳥居文之進に暗殺されたときは、五百五十石の奥用人にまでのし上っていたのである。

奥用人といえば、御殿の奥深く、藩主の傍《そば》に附きっ切りで、身辺の用事はもとより、政事向きのことにまでも重要な発言を許される、いわば藩主の秘書のような役目で、それだけに平太夫の威勢は大きなものとなった。

藩主が一日も平太夫なくては——というほどの寵愛《ちょうあい》ぶりだし、家老達も一目置くようになり、平太夫の口利きで出世の蔓《つる》を摑《つか》もうとする取巻きの侍や部下の追従《ついしょう》や賄賂《わいろ》にも馴《な》れて、平太夫は次第に我を忘れ、慢心しはじめた。

土岐守が参勤交替で江戸の屋敷に暮しているとき、ひそかに吉原《よしわら》へ案内して遊興の味を覚え込ませ、世間知らずの若い藩主を有頂天にさせたのも平太夫である。

平太夫は少年の頃から小身の家の約《つま》しい家計に生れ育ち、中年近くなってから異常な出世をしただけに、藩主の寵愛を一身に浴びているのだという自信をハッキリと知ったときには、藩主と共に踏み入れた享楽《きょうらく》や官能の世界——濫費《らんぴ》のたのしさに、目もくらむような思いで溺《おぼ》れ込んでしまったのだ。

築井藩は五万石だが、山国だけに米も余り穫《と》れず、風水害も多い。貧乏な藩だから、藩主の無駄遣《むだづか》いは、たちまちに下へ響いてきて、詰まるところは民百姓を圧迫し、底の底までも、これを滓《しぼ》り取るという悪い政事になるわけだ。

それでも藩の侍達は、平太夫の威勢をおそれて、蔭《かげ》では嫉妬《しっと》しながらも、これを咎《とが》めないばかりか、むしろ反対に、そのおこぼれを拾おうとする者が大半だったと言ってもよい。

鳥居文之進は、ついに、たまりかねて、二年前の夏の夜、平太夫が城下に囲ってある妾《めかけ》の家へ駕籠《かご》で出かけるところを、城下はずれの藤野川にかかっている橋のたもとに待伏せ、単身襲いかかり、刺し殺して逃亡したのである。

土岐守は激怒して捜索隊を八方に飛ばして文之進を追わせたが、捕えることは出来なかった。
文之進は、母一人子一人の家で、母はすぐに自害してしまい、鳥居家は取り潰《つぶ》され、平太夫の長男、伊織《いおり》が敵討《かたきう》ちに出ることになった。
藩主の寵愛する玉井平太夫の敵討ちだけに大がかりなものとなり、土岐守は、この敵討ちを公儀に届出ると共に、玉井伊織の助太刀として五人の藩士を選抜した。
小西武四郎《たけしろう》（三十六歳）
佐々木久馬（二十四歳）
樋口三右衛門《ひぐちさんえもん》（二十七歳）
それに、足軽頭という小身だが、剣術に長じている富田六郎、村井治助の二名と、故平太夫の弟で、玉井惣兵衛《そうべえ》という四十五歳になる侍を加え、玉井家の中間《ちゅうげん》、伊之助《いのすけ》が供について、敵討ちの旅に出発した同勢は八人だった。

二

玉井惣兵衛は勘定方をつとめていたが、ただ一人の親類として、厭《いや》でも甥《おい》の伊織に附添って行かなくてはならなくなり、

「わしは、算盤《そろばん》をはじくことなら誰にも負けはせんが、刀を抜くことは大きらいなのでな。困った、実に困ったことになったものだ」と、妾のおみちにこぼした。

おみちは足軽の娘で、数年前に妻が病死したまま独身の惣兵衛に仕え、その身の廻りを世話していた女中なのだが、小柄《こがら》で肌《はだ》が抜けるように白く、固肥《かたぶと》りした愛らしい女だ。

すぐに惣兵衛は、おみちに手をつけ、城下の弓張村というところへ小さな家を建ててやって、ひそかに住《すま》わせ暇さえあれば入りびたりになっていたのである。

「でも、小西様はじめ五人もの方々が助太刀についておいでになるのですから、大丈夫だと思いますわ」と、おみちは屈託なく笑うのである。

「それは、まアそうだ。甥の伊織と文之進とは互角の腕前だそうだしな。その上に小西のような一刀流の免許を持っている強いのがこっちについているのだから、まア、わしが手を下さずとも……」

おみちは声をたてて笑った。

「何が可笑《おか》しい？」と、ムキになる惣兵衛に、

「だって——だって、あなたさまが腰のものをお抜きになるところを考えると、あたくし……」

「これッ。つまらんことを言うなッ」

鼻白んで睨《にら》みつけてみたものの、惣兵衛も、思わず苦笑をさそわれてしまい、

「全くなア。戦国の世ならともかく、今更、刀を抜いて斬り合うことなどは考えただけでも馬鹿《ばか》々々しい」

舌打ちをして彼は、此頃《このごろ》、ややたるみかけて、でっぷりと肥ってきた膝《ひざ》におみちを抱き寄せ、その背中から手を廻して、やわらかな胸もとへ差し込みながら、

(兄も殿様の寵愛をいいことに、少しやりすぎたのだ。職権を利用しての収賄だけでも大へんなものだったからな。殿様を焚《た》きつけ、自分一人が良い思いをして、のさばり返っているからこんなことになるのだ。文之進も文之進だ。何も殺さなくてもよかったではないか。若い者は短気で困る。全く困る。おかげで、わしは、彼の首をとるまでは、この可愛《かわい》いおみちの肌の匂いを無理にも忘れなくてはならない……)

惣兵衛の長男は幼少の頃に亡《な》くなり、次男はいま十五歳になるが、子供のことよりも中年になって初めて知ったおみちの奔放な、若さに満ち溢《あふ》れている肉体の魅力に惣兵衛は夢中だったのだ。

若いときには養子の口もなく、小身の家の次男坊で、兄の平太夫の厄介《やっかい》になり、平太夫が出世してから、その引き立てで勘定方へ取り立てられ五十石の知行《ちぎょう》を貰《もら》うよう

ないと言ってもよかった。

になっただけに、惣兵衛は、女と言えば病身だった妻の痩《や》せた体以外にほとんど知らなかった。

出発の日——藩主の土岐守は、わざわざ乗馬で城下はずれへ出て来て敵討ちの一行を見送った。異例のことだったし、それだけに藩主が亡き平太夫へ向けていた寵愛の度が強く、敵、文之進への憎しみが激しいということになる。

藩の侍達も平太夫の死には何の未練もなく、むしろ（態《ざま》を見ろ）という気持の方が大きい。平太夫の出世と権力には不平満々だったし、藩主から受けている寵愛ぶりには、羨望《せんぼう》と嫉妬でジリジリしていたのだったが、藩主みずからが見送りに出るというので、その手前仕方なく、ほとんどの藩士が伊織一行を藤野川の橋まで盛大に見送った。

玉井伊織は、十日ほど前に生れたばかりの赤児と若い妻と、父が出世を遂げてからも尚《なお》、約《つま》しい昔の儘《まま》の控え目な暮しぶりを守っている優しい老母と別れ、気の進まない敵討ちの旅にのぼった。

（文之進が父を討った気持は、よくわかる。殿様を籠絡《ろうらく》し、藩の綱紀と政事を乱した父が討たれるのは当り前のことなのだ）と、伊織は何度も何度も自分の胸に言い聞かせた。

小西武四郎はじめ助太刀の侍達も、自分の敵でもない文之進を討つ為《ため》に、ともすればこぼれかかる愚痴や忿懣《ふんまん》を押え押え、それぞれの妻や子に別れを告げ、この厭な役目を一日も早く果して、故郷へ帰る日のことを考えつづけていた。

出発の前日、お暇《いとま》の挨拶《あいさつ》に御殿へ上った伊織と六人の侍達に、築井土岐守は額に青筋をたてて、

「文之進を討ち果すまでは、そのほう達、死んでも帰るなッ」

癇癖《かんぺき》の強い声で、そう命じたのである。

助太刀の侍達にしても、玉井平太夫が殺されたときには双手《もろて》をあげ、

「これで悪臣が消え、殿様のお目もさめるだろう」などと、よろこび合ったものだが、藩主の怒りが、ひたすらに敵の文之進に向けられている現在、厭でも、この任務を果して来なければならなかった。

だが、独身で、槍《やり》が自慢の佐々木久馬と、中間の伊之助だけは、激しく意気込んでいた。

久馬は敵に出会ったときの自分の働きに、冒険と昂奮《こうふん》と功名を思い、伊之助は、若《わか》旦那《だんな》様のお供をして旦那様の敵を討つ日の感激に今から燃えていた。というのは、悪

臣と言われた玉井平太夫も、自分の家来には、下僕、女中に至るまで、仲々思いやりの深い一面があって、伊之助が女中のお仲と心を交し合うようになったときも、寛大に二人を夫婦にさせて邸内の一部屋を与えてやったこともある。それだけに伊之助は、主人の悪評も耳に入らず、ただもう、文之進への恨みに徹し切っていたのだ。

三

敵の鳥居文之進は玉井平太夫を殺害するや、北国への街道を逃げにかかった。文之進の伯父が、北国に五十万石を領する或《あ》る大名に仕え槍奉行をつとめていたからである。

築井家の捜索隊も、これを見通していち早く国境の警備を固めたし、数日のうちに伊織一行が追い迫って来たので、大胆にも文之進は、山伝いに引返して来て築井の城下町の背後を抜け、江戸へ向った。

信州から奥羽《おうう》、上州と、伊織一行に追われて、何度も危機に遭遇しつつ、文之進はその年の秋に江戸へ入り、八丁堀《はっちょうぼり》に道場を開いている剣客、天野平九郎のところへ逃げ込んだのである。

天野平九郎は越後新発田《えちごしばた》の浪人で、江戸の町を荒し廻っていた八人組の浪人くずれの強盗を斬殺《きりころ》したという噂《うわさ》もあったし、奉行所の与力、同心達にも、かなり門弟がある。

文之進は剣術に熱心で、藩主の供をして参勤交替で江戸の藩邸につとめているときなどには、よく天野の道場へ出入していたらしい。

「面倒なことになったぞ」と、敵討ちの指揮者をもって任じている小西武四郎が唇《くちびる》を噛んだものだが、果して文之進の所在を突き止めることが難かしくなった。

幕府の許可を得ている敵討ちだが、天野平九郎の門弟である奉行所の役人達が巧みに邪魔をして尻尾《しっぽ》を摑《つか》ませなかったし、平九郎もしぶとい男らしく、平然と道場を構えたまま動ずる気色もない。逃げ込んだことは確からしいし、伊織一行は、それから半年近くも、根気よく天野道場を見張っているより仕方がなかったのだ。簗井家の江戸藩邸からも侍を出して、いろいろと援助してくれたが、平九郎と文之進は親類でも何でもないだけに「そんな者は知らぬ」と突ッぱねられればそれまでのことなのである。

「こうしているうちに、文之進の伯父が救いの手を出すようになっては事がいよいよ面倒になります。いっそのこと斬り込んでは――」

と、血気にはやる佐々木久馬も、見えないようでいて、道場内の厳重な警戒ぶりには二の足を踏まざるを得ない。屈強の門弟達が十数名も泊り込んでいる。斬り込んで、もし文之進が見つからなかったときは目も当てられないことになる。

それが、この春、突然に文之進は天野一人を附人《つけびと》として江戸を脱け出たのである。

これに気づいたのは伊之助だった。夜更《よふ》けの街に、夜なきうどん屋に変装して道場の傍に張り込んでいた彼の報告を聞いて、

「これは、いよいよ文之進の伯父が乗り出したに違いない」と小西武四郎が言った。

文之進の伯父が、今まで救いの手を伸べなかったのは、自分の主家である福田家と他藩の築井家との紛擾《ふんじょう》を考慮してのことだと推察していたのだが、文之進の伯父は、ようやく敵持ちの甥を迎え入れる用意をしたものに違いない。何しろ福田家の槍奉行と言えば大身の侍だし羽振りもよい。他国の福田家に逃げ込まれては、反対に侵入したこちら側が危くなる。

「文之進め、福田家に召抱えられるのではあるまいか？」

「そうかも知れぬ。天野平九郎の奴《やつ》も文之進の伯父に、ひそかに頼まれ、彼を無事に福田家へ送り届ければ、きっとそれだけの褒美《ほうび》にありつくのだろう」

「とにかく福田家へ逃げ込まれてはいかん。一刻も猶予《ゆうよ》はならんぞ」

伊織一行も、その夜のうちに江戸を発《た》ち、文之進を追った。

翌日は必死になって中仙道《なかせんどう》に敵を追った一行が、その夜は熊谷《くまがや》宿に泊り、次の日の早朝――あわただしく旅籠《はたご》から出て来た伊織一行は、ほとんど同時に街道を隔てた向う側の旅籠から出て来た文之進、平九郎にバッタリ出会ったのだ。

たちまち、乱闘になった。

そのとき天野平九郎は、素早く文之進を後手にかばい、飛び掛る富田六郎を抜打ちに斬り倒し、出て来たばかりの旅籠へ逃げ込み、帳場から台所へ抜け、あわてて追討ちにかかるこちら側の刃《やいば》を潜《くぐ》って、裏手を流れる小川へ、村井治助を突き斃《たお》した。

平九郎は、小鼻の傍に大きな黒子《ほくろ》がある脂《あぶら》ッ濃《こ》い顔を、殺到する武四郎や久馬に向けて、にやりと笑って見せた。

実戦に馴れ切った、その大胆で落着き払った駈引《かけひ》きの鮮かさに、こちら側は息を呑《の》まれた形になり、文之進と平九郎が再び路地伝いに街道へ出て、通りかかった問屋場の馬を奪って逃げる隙《すき》を与えてしまったのである。

それは五ヵ月ほども前のことだ。

ようやく敵を、この峠の谷間にある、鄙《ひな》びた山の湯宿に追い込み、中間の伊之助を湯治の百姓に変装させて、見張りに置き、峠を甲州へ越えて、北国の伯父のところへ逃げ込もうとする文之進を待ち伏せている五人の侍達は——あの熊谷宿の朝、六尺近い体を敏捷《びんしょう》に働かせ、あッと言う間に、富田、村井の両剣士を斃した天野平九郎の鋭い剣の捌《さば》きと、小鼻の黒子を思い起し、内心、暗い不安と恐怖に包まれ、これをどうしても払い退《の》けることが出来ないのだった。

四

山霧がはれると、密林に囲まれた峠にも、少しずつ朝の光りが漂ってきはじめた。

玉井伊織と伯父の惣兵衛は、山道から切れ込んだ林の中で、旅の荷物を入れた行李《こうり》に黙念と腰をおろし、深い山の夜明けの寒さに冷え切った体を動かそうともしない。

樋口三右衛門と佐々木久馬は、〔黒雲峠〕と記された文字も、黒ずんだ木肌《きはだ》に吸い込まれそうな古びた道標の前に踞《うずく》まり、小西武四郎は、やや離れたところに腕を組んで立ち、敵の到着を知らせに登って来る中間、伊之助の姿が、山道を蔽《おお》っている木立ちから現われるのを待っていた。

いや、待っていた、というよりも、武四郎は、むしろ伊之助の報告を聞くのが恐ろしいような気がする。彼が此処へ「やがて敵が登ってまいります」と知らせに来るときを一刻も遅く引き延したいような矛盾した気持が、影のように胸の中をよぎるのだ。

道場で鍛練し、五月の節句に行われる御前仕合の度びに見事な手練のほどを披露《ひろう》して「小西武四郎の一刀流は藩内随一だ」と評判をとった自分の剣術が、この春、天野平九郎の冴《さ》え切った剣の働きを眼《ま》のあたりに見てからというもの、実に頼りなげなものに思えてきて、武四郎は、木剣や竹刀《しない》で勝ちとった過去の試合での自信を取り戻そうと、心中、どれ位、自分と闘ったことか——しかし、一行の指揮者として、また国を出るときは「鳥居文之進ごときは俺《おれ》一人で沢山」などと豪語した手前もあるし、顔にも口にも決して弱味を見せるわけにはいかないのである。

この峠へ着いてから、ほとんど口もきかず立ちつくしている小西武四郎の後姿を見て、樋口三右衛門が、そっと佐々木久馬に囁《ささや》いた。

「大丈夫かな？」

「何がです？」

「小西殿は平九郎に勝てるかな？」

「と言われるのは、つまり、我々がでくのぼうだということなのですかッ」

久馬は昂奮して言った。

「おい、大きな声を出すな。そういうわけじゃないが、小西殿が平九郎さえやっつけてくれれば、我々で文之進を押し包み、一気に首をあげることが出来るからな」

「小西殿の一刀流は……」

「そりゃわかっておる。しかし、あのとき、熊谷宿のときの平九郎の働き――おぬしだって知っている筈ではないか」

「だからどうだと言うのです。とにかく、私達は文之進の首をとらぬ限り、国へ帰れぬのですから――なあに、天野平九郎だって鬼じゃあるまい」

久馬は胸を張って強がりを言い、闘志を燃やそうと試み、立上って手槍の柄袋《つかぶくろ》をはねて、しごきはじめた。

国を出るときに隠居したばかりの父親が、

「玉井平太夫敵討ちの助太刀などは馬鹿々々しいことだが、しかしな、久馬。殿様のお声がかりとあっては、どうも仕方がないことだ。この上は、見事に働いて手柄《てがら》をたててこい。そうすれば殿様のお目にもとまり、行末の出世の糸口も開けようというものだからな。しかし、死んでくれるなよ。生きて帰って来てくれよ」そう言って、心配そうに励ましてくれたときも、文之進一人ならと、

「たった一人の敵を討つのに七人も出かけて行くことはないのですよ。まア、私の槍がどれほどのものか、たのしみにしていて下さい」昂然と言い放ったものだったが――熊谷宿で突き込んだ自分の手槍を燕《つばめ》のようにかいくぐって斬りつけて来た平九郎の凄《すさ》まじい剣が鼻先きを掠《かす》めたときの恐怖は忘れることが出来ない。

あのとき横合いから、村井治助が飛び込んでくれなければ、どうなったか知れたものではない。現に村井は二、三合したかと思うと頭を割りつけられて殺されてしまったではないか。

青ざめて、惰性的に槍をしごいている久馬を横眼で見やり樋口三右衛門は、そっと懐《ふとこ》ろに手を忍ばせ、肌身につけている小さな銀の簪《かんざし》を握りしめてみた。

「これを、わたくしだと思って――」と、出発の前夜、新妻が紅《もみ》の布に包んでよこした簪なのである。

あの夜――泣き咽《むせ》びながら、自分の愛撫《あいぶ》に応《こた》えた妻の長い眉《まゆ》や、円い肩を、三右衛門は昨日のことのように覚えている。

(俺は帰る。首尾よく、この役目を果し、きっと帰るぞ)三右衛門は心に叫んだ。

すると、急に恐怖が消えて闘志を掻《か》き立てられるような気がしたが――すぐに天野平九郎の白く光る眼が、彼の背筋を寒くした。

何処かで、鋭く野鳥が鳴いた。

陽《ひ》は、あたりの山肌に遮切《さえぎ》られて射《さ》し込んで来ないが、深い木立ちを通して、谷を隔てた彼方《かなた》の紅葉した山肌が見えるようになってきた。

樹々《きぎ》の上を風が渡って行った。

「ううう。寒いの、山の朝は――冷え切ってしまった」

三右衛門は沈黙に耐えられなくなり、久馬に声をかけてみた。久馬は槍をしごく手をとめ、林の中を指して、

「かんじんの伊織殿が、あのように消気《しょげ》込んでいるのはどうしたことです。一体、我々は誰の為に助太刀をするのだ」と忿懣《ふんまん》をぶちまけた。

「全くだ」

三右衛門はすぐに相槌《あいづち》を打ち、

「いいかげん気が抜けるな」

「斬合うのが怖いのですな――きっと」

「しかし、伊織殿は、かなりやる筈だぞ。熊谷宿でも文之進とは大分やったではないか」

「当り前です。富田も村井も斬死《きりじに》しているのだ。引っ込んでいるわけにはまいらぬ。

しかし、わけがわかりませんな。私達が力を尽して、やっと此処まで敵を追詰めてやったのに、あの仏頂面《ぶっちょうづら》はどうです。叔父御の惣兵衛殿が臆病《おくびょう》で役に立たぬのは、わかっているが……」

「よし。言ってやるか。我々は一体、誰の為に、妻子と別れ、苦しい旅を足かけ二年も続けて来たのだと伊織殿に言ってやろう」

「全くです。晴れの日を迎えて、あんなにしょんぼりしていられてはやり切れん」

若い久馬は息まいて、本当に足を踏み出しかけた。

「まア、待て」

何時《いつ》の間にか小西武四郎が傍へ戻って来ていて、久馬の袖《そで》を引いて止め、思慮深いところを見せようと、内心の不安を精一杯に押えつけながら、

「いいか。首尾よく敵の首を持って国へ帰れば、殿様は大よろこびだ。伊織、出かした、よくぞ父の敵を討った。賞《ほ》めてとらす、か何かで、たちまち亡父平太夫の跡を継ぎ奥用人に取立てられるに決まっておる——な、奥用人といえば、日がな一日、殿様のお傍で、ぺらぺらとおしゃべりするのがまア一つの役目だ。となると、下手なことを言って、あいつに恨まれてはあとがまずい」

「成程——」と三右衛門が苦笑をした。

「まア、立派に助太刀してやることさ。ともかく我々は殿様の命によって助太刀に来ているのだ。よいかッ、敵の、文之進の首をとらぬ限り、我々は妻や子の待つ我家へは帰れないのだぞ。したくもない助太刀をするのも侍に生れた宿命というものだ——敵討ちなどというものは永引いたら切りがないからな。今度こそ——今度こそ逃がしてはならぬ」悲痛に言い捨てると、武四郎は、もどかし気に両足で地面を踏みならし、

「伊之助の奴、何をぐずぐず——」舌打ちして、山道を林の中へ駈け込んで行った。

五

「伊之助の奴、まさか敵に見つかったのではあるまいな」

玉井惣兵衛は、甥の伊織に、ぼそっと話しかけたが、伊織は答えなかった。荷物の上に腰かけ、一点を見入ったままだ。足かけ二年の旅に老《ふ》け込んだ横顔が、密林の薄明に白く浮んでいる。

風が鳴ると、林の中は落葉のひそやかな囁きで満たされる。

惣兵衛は、白い眼でチラリと甥を睨《にら》み、また頭を抱えて黙り込んでしまった。

惣兵衛は、国へ残して来た妾の、しっとりと湿っていて、なめらかな若い肌の感触、その記憶の糸を執拗《しつよう》に懸命にたぐりはじめる。

惣兵衛は、天野平九郎の圧倒的な剣の力を思い、たとえ二対五の争闘でも勝利を得るのは難かしいと考え、自分はもう、あの柔らかくて重味のある、甘い匂いのするおいみちの体を再び抱くことが出来なくなるのではないかと気が滅入《めい》った。

谷間の湯宿に敵の動静をうかがっている仲間の伊之助が、駈けつけて来るのも間もないことだろう。

斬り合いが始まったとき、俺は、この体を、どういうふうに持ち扱ったらいいのか──それを考えると、惣兵衛は心臓が皮膚を突き破って飛び出すような気がした。手も足も、わなわなと震えているのである。

「伊織──伊織──」と惣兵衛は、また沈黙に耐え切れなくなり声をかけた。

「頼むぞ。し、しっかりやってくれ。今日こそ──な、今日こそだ。いいな──」

伊織は、近寄って手を差し伸べ肩でも叩《たた》こうとしたらしい叔父を疎《うと》ましげに見て、ふいと立上り、

「私は──私は、文之進を討つ気にはなれない」と呟《つぶや》いた。

「これッ。馬鹿《ばか》を申すな」

「私には、文之進が、お家の為を思い、父上を討った気持がよくわかる」

「黙らんか、伊織――」

叱《しか》りつける惣兵衛に、伊織は、一層昂《たか》ぶってきたものを押え切れず、

「父は、自分の出世の為には、どんなことでもしました。賄賂《わいろ》を使い世辞を振りまき、妹の――妹の千代までも殿様に差し出したではありませんか。可哀想《かわいそう》に、妹のやつ、人身御供《ごくう》になったようなものです」

「今更、何をつまらんことを――」

叔父の威厳を見せようと努めながら惣兵衛は、ふっと、伊織もまた、国へ残して来た妻子や老母のことを思い浮べているに違いないと感傷的な共感を覚えて、この甥をいじらしいと見たのである。

伊織は、なおも吐き捨てるように、

「あの世間知らずの殿様が、酒や女に溺《おぼ》れ、父上の言うままにあやつられて、国も家来も忘れ――」

「もうよいよい」

「たかだか五万石の我藩で、殿様が、あのような贅沢三昧《ぜいたくざんまい》されるようになっては、民百姓がたまらぬ。それも元はと言えば、父が……」

「叱《し》ッ。久馬が峠の道から、こちらを見ておるぞ。聞えてはいかん」

その佐々木久馬の姿が、切迫したものを含んで樹の蔭に隠れた。何か叫ぶ三右衛門の声がした。

久馬は再び姿を現わし、林の中へ怒鳴った。

「伊織殿ッ。伊之助が戻って来ましたぞッ」

六

伊織と惣兵衛が峠の道へ出てみると、中間の伊之助が、小西武四郎から竹の水筒をもらって、猟犬のように舌を出し、荒々しい呼吸で、むさぼるように口をつけるところだった。

「静かに飲めよ」

と、武四郎が注意を与える。

伊之助の体からは、鼻をつくような汗の匂いが発散していた。

五人の侍は、水を飲み終る伊之助の顔を、不安と恐怖に包まれながら見守った。

敵に逃げられることも困るが、――附人の天野平九郎に出会うのもたまらない気持がした。

そして尚、望郷の念には灼《や》けつくような乾きを覚えていた。

伊之助だけが単純に、今日の闘いの勝利を信じていた。

「情深い旦那様の敵《かたき》、文之進が生きていられる筈はねえ。神様も仏様も、伊織様の背中に、ぴったりくっついておいでなさるのだ」

汗と山霧に、体も着物もびっしょり濡《ぬ》らし、眼を血走らせ、喘《あえ》ぎながら山道を急いで来た彼は竹筒の水を飲みほすまでは口もきけなかった。

伊之助が竹筒を置くや否《いな》や、苛《い》ら苛らと見守っていた侍達は、口々に浴びせかけた。

「か、敵《かたき》は来るかッ」

「様子は？　様子はッ？」

「きさま。遅いではないかッ」

「何だ、息を切らせておって――しっかりせい。貴様の主人の敵を討つのだぞッ」

怒鳴りつける久馬を武四郎は押え、

「ま、よい――伊之助、敵は――平九郎は確かに来るのだな？」

「まいります。やがて、これへ――」

伊之助は、顔中に血をのぼらせ、

「小西様。お指図通り、昨日の夕方、この谷間の宿にそっと泊り込み、敵の泊っている部屋を突きとめましてございます」

「フムフム。で、昨夜の様子は？」

「はい。私、夜が更《ふ》けてから、敵の部屋の縁の下へ忍び込みまして――」

「こいつ、存外、肝の太い奴《やつ》だ」

伊之助は誇らし気に、三人の侍を見廻してから「気づかれなかったろうな？」と問いかける三右衛門に、しっかりと答えた。

「へ――大丈夫でございます」

「それで？――それで？」

「はい。すると、その――夜中でございます。夜中に――」

「夜中にどうしたのだッ？」

「はい。その天野平九郎めが、夜中に腹痛を起しまして、大変な苦しみ方で……」

侍達は電光のような視線を交し合った。

小西武四郎が努めて冷静に、

「貴様、縁の下で聞いたのだな――」

「へいッ。腸《はらわた》が捻《ね》じくれるようだと、苦しがっておりました」

一寸《ちよつと》した沈黙の後に、

「下痢でも、起しおったのかな」と言った樋口三右衛門の声は異常な昂奮《こうふん》にふるえていた。

小西武四郎は眼を輝かせ、

「ふむ――それで伊之助。きゃつらは、病気を押してまでも出発したと言うのか？」

「へいッ。この峠への道へかかるのをハッキリ見届けてから、私は大急ぎで――ま、間違いはございません」

身を乗り出した武四郎の喉《のど》がゴクリと鳴った。

「そして――そして、今日の平九郎の様子は、どうであった？」

「それが、何分近くへ寄れませぬもので――平九郎めは杖《つえ》をつき、顔をしかめていたようでございます」

「何、杖をついておったと――」

山の尾根を抜けた秋の陽《ひ》が、樹々の間を縫って縞《しま》をつくり、峠の上へも射《さ》し込んできた。

「病気を押してまでも出発したのは、追われる者の苦しさだなア」と叫んだ小西武四郎の声には、甦《よみがえ》ったような明るさがある。

武四郎ばかりではない、侍達は、濃霧を突き破って青空の山の頂点に躍り出たように生色に溢《あふ》れ、活気に満ちてきた。樋口三右衛門は手を打ち、思わず洩《も》らした。

「平九郎が病気とはしめたな」

「全くだ。出来ることなら病気が癒《い》えてから立合ってやりたいが、そうもいかぬしなア」

小西武四郎が久しぶりに微笑を浮べる。

天野平九郎が、腸がよじれるほどの痛みを押して、しかも一里余りの嶮《けわ》しい山道を登って来るその疲労は、必ず、彼の剣の力をにぶらせてしまうだろう。

（おみちよ。どうやら、お前の許《もと》へ帰れそうだぞ）と、惣兵衛の唇元《くちもと》がニヤリとほころびたのも無理はなかった。

伊織だけが黙って、憂《うれ》わし気に眉《まゆ》をしかめている。

（文之進が気の毒だ。頼みにする天野が病気では、あいつ、今日、この峠で死ぬことになる。我藩の行末を思い、父を斬ったあいつを私は少しも恨んではいない。皮肉なことだ、皮肉な――）

「平九郎が病気とは、しめたしめた」

「しかし、何だか物足りませんなア」などと喜色を隠そうともしない三右衛門や久馬に、武四郎は、

「平九郎は、わし一人で引受ける。おぬし達は伊織殿を助け一時も早く文之進を――よいな」

急に強くなった武四郎へ、久馬が、

「しかるのちに、そちらへ御助勢を……」

「いらんいらん。わし一人で充分だ」と武四郎は両手をひろげて、深く息を吸い込み、

「いよいよ、今日か――」

武四郎にも、十歳と八歳になる男の子がいる。

(育ち盛りだ。大きくなったろうなア)と、彼は、余裕たっぷりに刀の下緒《さげお》を外し、

「伊織殿。お仕度お仕度」

「心得た。さ、伊織――」惣兵衛は、甥を押しやるように林の中へ連れ込み、伊之助と共に、荷物をほどいて、鉢巻《はちまき》や襷《たすき》を出し、伊織の身仕度を手伝いにかかった。

この敵討ちが済めば、伊織が父の跡を襲い、奥用人になる。そうなれば自分も――と、惣兵衛は、むしろまめまめしく、何かと世話をやいた。

伊之助は、すぐに小西武四郎に呼ばれ、少し離れた崖《がけ》の上まで見張りに出ることになった。

「若旦那様——首尾よく……」と、うるんだ瞳《ひとみ》に万感をこめていう伊之助に、

「心配するな」

優しく言って、伊織は大刀を抜き放ち、しいんと、その青白い刀身に見入っていたが、やがてしっかりと言った。

「母や妻、子の為、私は討つ。文之進を討つ」

伊之助は崖の上まで引返して行き、五人の侍は、山道沿いの楢《なら》の大木のうしろに立ち、闘いの時の近づくのを闘志に燃えて待ち構えた。

ただ玉井惣兵衛だけが、のちのちの笑い草になるまい、その為には、どうしてうまく、この闘いの中で要領よく刀も抜き、身の安全を計ったらよいかと悩んでいた。

そういう惣兵衛を、武四郎も三右衛門も久馬も軽蔑《けいべつ》の眼で露骨に眺《なが》めやっては、惣兵衛を、いよいよ困惑させた。

七

見晴しの利かない峠から二町ほど降り、山道から外れた崖の上に立つと、やや展望がきくし、その下の小さな草原をうねっている山道がのぞまれる。

伊之助は、この崖に伏せて、山道へ一生懸命に眼を凝《こ》らしていた。

どの位、時がたっていったろうか――。

次第に輝きを増す陽射しを浴びて、草原に白っぽく浮かんでいる山道へ人影が現われる気配もなく、張り詰め切った胸が、苛立たしく騒ぎはじめたとき、伊之助は背後に、

「おい」と、低く呼びかける声を聞いた。

ハッとして振り向くとたんに、首筋のあたりを激しく杖で撲《なぐ》られ、眼の中が黄色くなった。声も立てず彼は転倒した。

動顚《どうてん》して起き上ったときには、伊之助の肩と口は、がっしりした腕と掌《て》に押えられ、眼の前に編笠《あみがさ》をかぶったままの鳥居文之進を見出《みいだ》して、伊之助は、

「か、敵ッ」

叫んだつもりだが声にはならない。彼の口を押えて抱きすくめて身動きもさせないもう一人の侍は、これも編笠をかぶったまま、

「こいつだな？」と文之進に聞いた。

文之進は笠をとり、瘦身《そうしん》だが、引き締った体をそろりと動かせ、

「平九郎殿、あまり手荒にするな」と言う。

「これ、下郎ッ。昨夜は縁の下で何をしておった？　冷えて寒かったろう？　うむ？

――」

天野平九郎には、少しも腹痛の様子はなく、不気味に落ちつき払っている。伊之助は、恐怖で体中が竦《すく》み、動き出す気力も出なくなった。

「貴様、くさめをしたな？　うむ？　――おい、下郎。わしがわざと声を高くして、貴様の耳に聞かせてやったことを、ちゃんと知らせてやったか？　腹が痛い腹が痛い、腸が捻じくれるように苦しがっていたと知らせたか？」

何も彼《か》も悟られていたのだ。一刻も早く、伊織様や助太刀の方々に知らせなくてはと、伊之助は夢中になり、口をふさいだ平九郎の掌をもぎり放し、

「ち、畜生ッ」

逃げ出しかけた彼は、杖で撲りつけられた。思わずあげた悲鳴は、再び平九郎の掌に押えられ、同時に伊之助は頰《ほほ》のあたりに鮮烈な痛みを覚えて目が眩《くら》んだ。

平九郎が小《こ》柄《づか》を引抜いて斬ったのだ。

「俺達はな、この山道を登ると見せ、途中から林の中へ切れ込み、そっと貴様の後を

つけて来たのだ。馬鹿め」

　そして、平九郎は文之進に、

「さて、どうする？」

「やろうではないか」

「うむ。おぬしがその気なら、俺に異存はない」

　文之進は、温く、

「伊織は元気か？」と伊之助に聞いた。

　むろん、伊之助の返事はない。

　文之進は、むしろ元気に笑ってみせ、平九郎に、

「敵持は厭《いや》なものだ。たとえ伯父のところへ逃げ込んだとしても、枕を高くして眠れぬからな。かの石井兄弟は、二十九年間も敵をつけ狙《ねら》ったそうだ」

　伊之助は、口惜《くや》しさと焦《あせ》りで、恐怖も忘れる位だった。

　熊谷宿から逃げた敵二人は、わざと道を東海道にとり、途中から、切れ込んで山越しに甲州へ抜けるつもりらしい。

　全力をこめてもがく伊之助の顔から喉にかけ、頬から流れる血が滴《したた》り落ちて来た。

　平九郎は「動くな、馬鹿」と叱《しか》りつけ「文之進。おぬしも小心なところがあるな。

つけ狙われるが、そんなに厭か？」

　文之進は低く笑った。

「この気持は追われる者の身にならぬとわからん——馬鹿なことをしたものだ。平太夫を殺せば、殿様も家来共も目がさめると思ったのだが、一人として俺のあとに続くものがいないらしい」

　文之進の押えていた激情がむき出しになった。

「くそッ。蔭では平太夫や殿様の悪口を言っていた奴らも、俺一人を——俺一人を悪人にして……」

「世の中とはそうしたものさ。おぬしは正直すぎるんだな」

「そうかも知れん」

「では、返り討ちといくか」

「思い切って、さっぱりしたい」

　文之進が襷《たすき》をかけ、鉢巻をしめる間、天野平九郎は、冷めたい、殺気に満ちた眼を、ぴたりと伊之助につけていた。

　その眼の光りは、実際に何人もの人間と闘い、それを殺して来た者だけが持っているものだった。

伊之助は、昨夜から一度も思い出さなかった恋女房のお仲の顔を、このとき、わけもなく、ただもう母親の乳房に縋《すが》りつく赤ン坊のような切なさで脳裡《のうり》に追い求めた。

一度去った恐怖は二倍も三倍もの激しさで彼を押し包み、押し流した。

天野平九郎が伊之助を蹴倒《けたお》し、大刀を引抜き、

「下郎。奴らは何処で俺達を待受けているんだ。言え——言わねば殺す」

じりじりと迫って来たときには、もう口も利けず、ガタガタと震える体中の血が

(死にたくない、死にたくない)と伊之助に訴えていた。

「誰か、登って来るぞ」と崖の上から文之進が言った。

「よく見ろ。どんな奴だ？」

「旅商人らしい」

「ふむ……」

平九郎は、一寸《ちよつと》考え込むふうだったが、やがて、

「文之進。福田家へ行ったら、俺のことを頼むぞ。約束は忘れるなよ」

「伯父は福田家でも羽振りがよい。安心してくれ。必ず俺と一緒に取立ててくれる。おぬしを附人に頼めと手紙で言って来たのも、伯父は、その腹があるからだ。福田家にしてもおぬしほどの腕前を持つ侍を手に入れれば損はないというものだ」

「俺も親父《おやじ》の代からの浪人暮しだからな。はははは……浪人がごろごろしている今の世の中で、人並な侍になるのも悪くないからな。福田家は五十万石の大大名。田舎大名の築井土岐守など、今日の返り討ちに地団太踏んで口惜しがっても手は出まい」

「あの、登って来る旅商人をどうする？」

「あわてるな——俺に考えがある」と、平九郎は伊之助へ向き直り、

「こらッ。命が惜しければ言うことをきけ」

突然、抜打ちに伊之助の腕を、浅く斬った。

八

伊織一行が、峠へ登って来た旅商人の口から、伊之助が崖から落ち、大怪我《おおけが》をして倒れているという知らせを受けたのは、それから間もなくのことだ。

動けない伊之助を敵に見つけられてはまずいし、峠の両側の林から突如躍り出て文之進と平九郎を一挙に仕止めてしまおうという、こちら側の作戦が滅茶《めちゃ》々々になる。

佐々木久馬と樋口三右衛門が、中年の旅商人を案内にしてすぐに現場へ急行したときには、伊之助の姿は何処にも見えなかった。

「確かに、此処に倒れておいでなすったんでございますがね」と旅商人は首を振り振り、

「私が登ってまいりますと、血だらけになって、そりゃもう、顔の色が紙みたいになっておりましたから、動ける筈はございません」

「確かに崖から落ちた、と申したのか？」

「へ、へえ——伊之助が崖から落ちた——だから、峠の上の五人連れのお武家様に知らせてくれ、そう申されましてね」

旅商人も鉢巻、襷の侍達を見て、只ならない様子だと感じてはいたが、しっかりした男らしく、あたりを見廻して、

「もうし——もうし、旅の人——伊之助さアん……」などと呼びはじめた。

久馬と三右衛門も口々に名を呼んでみたが返事はない。

静かな秋の陽《ひ》に包まれた山と、野鳥の声と、風の音だけなのである。

二人の侍は不安な眼を向け合い、互いの眼の中に事態を探り合った。

其処《そこ》は、片方が崖になり杉の木立の斜面が、下の草原と森に落ち込んでいて、片方は杉林の斜面が上へ登っている。

樋口三右衛門が頰の肉をピクピクさせ、

「敵に見つけられたのではないかな？」

「まさか」と久馬は、

「おい町人。間違いなく、この道に倒れていたのだな？」

「へえ――そりゃ、もう……」

怪我人の救助に一役買って出るつもりで、行きずりの気易《きやす》さから気軽に立廻ってい
た旅商人も、ようやく切迫したものを感じ出し、山道を少しずつ後退して行きはじめ
た。

舌打ちした三右衛門が、

「伊之助――おい、伊之助。返事をせい」

声をかけながら小暗い林の斜面を登りかけた、そのときである。

凄《すさ》まじい悲鳴をあげて、彼は山道へ転がり落ちて来た。

反射的に振り向いた久馬は、血を浴びて、何か喚《わめ》いている三右衛門と、その三右衛
門の後から、獣のように自分へ殺到して来る天野平九郎を見た。

九

樹蔭《こかげ》に隠れていた天野平九郎が久馬と三右衛門を斬殺し、鳥居文之進と共に、抜身を提げたまま、ゆっくりと山道を登りかけたとき、小西武四郎は、玉井伊織と玉井惣兵衛と共に山道の曲り角に姿を現わし、ぎょっとなった。

伊織達は、敵の背後に倒れている久馬と三右衛門の死体をハッキリと見出した。討つ者と討たれる者は、十間ほどの距離をおいて睨《にら》み合った。

崖の下から茶色の野兎《のうさぎ》が首を出し、矢のように山道を横切って林の中へ飛び込んで行った。

武四郎も伊織も、眼球がむき出しになり、声もたてずに刀を抜放ち、やや遅れて、二人の蔭に隠れるように首をすくめた惣兵衛が、わなわなと抜き合せた。

惣兵衛は、口中が砂だらけになったようで、喉が痛くなり両膝《りょうひざ》が、ガクガクして、体がふわふわと宙に浮かんでいるように思え、二人の敵が自分の眼の、すぐ前に立ちはだかっているように感じた。

突然、天野平九郎が動き出し、低く、文之進に何か言った。

文之進はうなずき、ひたと伊織を見入り、刀を額につけるように構え直し、平九郎と共に、じりじりと迫って来た。平九郎の肩に少し血が滲《にじ》み出している。久馬は久馬なりに闘い抜いたのだろう。

伊織も武四郎も、一歩二歩と下って行く。

しかし惣兵衛の足は動こうともしない。

山の大気を割って響いた気合いと共に、四人の体と刀身が、狭い山道にからみ合ったとき、惣兵衛は本能的に身を返して逃げた。彼の眼は山道を正確に踏むことも出来ず、

「あぁッ」

崖から足を踏み外すと同時に、すーっと意識を失っていった。

どれ位経《た》ったろうか……。

惣兵衛は意識を取り戻しきょろきょろとあたりを見廻した。

崖上の山道は樹《き》に遮《さえぎ》切られて見えないが、それ程遠くはないらしい。

彼の体は斜面の途中にある黒松の大木に支えられていた。

何も聞えなかった。

もう何も彼《か》も済んでしまったのだろうか。

二対二の闘いでは、いくら平九郎が病気でも危いものだ。三右衛門も久馬も、敵に見つけられて殺されてしまった。——惣兵衛は泣きたくなった。

「どうする？——え、どうする？」と、彼は呟いてみたが、何の考えも浮ばなかっ

抜いた刀も何処へ飛んだのか、襷、鉢巻の惣兵衛は素手のまま、やっと立ち上った。右腕の附根と腰に激しい痛みがあり、彼は呻《うめ》いた。

永い時間をかけて、やっと惣兵衛が山道へ這《は》い上ってみると、誰も居なかった。崖へ落ち込むときに振り飛ばしたらしい自分の刀が三間ほど先に落ちているだけだった。

やや下ったところに久馬と三右衛門の死体が見え、そっと近寄って見ると、二つに斬り折られた久馬の槍もあった。久馬の首の附根から胸にかけて黒い血が溢《あふ》れていた。

「どうする？　――どうする？」

また惣兵衛は呟いた。彼の眼には何とも知れない涙が溢れているのだ。

その少し先に、山道はまた曲って消えている。

少しずつ、惣兵衛は下って行った。その行先に闘いが行われているのか、それとも自分は逃げようとしているのか、それさえも考えずに……。

「伊織殿ッ――伊織……」

小西武四郎の声だ。山道の下からである。

惣兵衛はぴ、く、ん、と小さく飛び上った。

続いて、人間の声とは思われぬ叫びが起り、刃の嚙み合う音を惣兵衛は聞いた。

惣兵衛は、再び崖下の斜面へ下り、山道の下を身を屈《かが》めて動きながら、あきらかに、闘いの最中にある人々の激しい呼吸を頭上に聞いた。彼は、何度も躊躇《ちゅうちょ》した後に、ようやく首を伸ばして山道を見やった。

二組の決闘は、まだ続いていた。

すぐ目の前に、肌脱《はだぬ》ぎの白装束を真っ赤にして、のめりそうに刀を構えている甥の伊織の後姿があり、その向うに、敵の鳥居文之進が、よろめくように刀を振りかぶったところだった。

文之進の顔は頭から流れる血で、その形も色もわからないほどである。

山道から逸《そ》れた森林の斜面では、小西武四郎と天野平九郎が対決していた。武四郎の襷は斬り外され、衣服は血に染《そ》んで引裂かれている。

平九郎はぴたりと刀をつけて、まだ余裕の残っている声で、

「文之進、もうすぐだッ。辛抱せいよ」と言った。

惣兵衛は、あわてて首をすくめ、斜面を少し擦《ず》り落ちた。

(どうする？　――どうする？　……)

掠《かす》れたような気合いが起った。伊織らしい。

「伊織――伊織……」

ひりつくような喉の乾きも忘れて、さすがに惣兵衛は居たたまれず、小刀を引き抜いてみたが、どうにもならなかった。

そのとき、涙の膜に蔽《おお》われた彼の眼に、ぼんやりと、斜面の樹蔭から現われた人影が映った。

猟師である。陽に灼《や》けた丸い顔の、中年だが童顔の、猟銃を背負ったその男が、崖の上の気合いと刃の音を聞き、繁《しげ》みに蹲《うずく》まっている惣兵衛には気附かず、好奇心に駈《か》られて、そろそろと登って来たとき、惣兵衛は、抜いた小刀を振りかざし、気狂いのように猟師へ飛びかかって行った。

十

喘《あえ》ぐ呼吸と、全身を振りしぼるような気合いが交じり、小西武四郎に一撃を加えた天野平九郎は、武四郎が斜面の杉の根元に倒れて動かなくなるのを見て、

「文之進、今行くぞッ」

声をかけて腰を落し、斜面の土に足をすべらせないように駈け降りて来ると、山道に現われた。

伊織も文之進も一間ほど離れて睨み合ったままだったのが、このとき、ふらッと寄り合い、互いに刀を振った。

二人は、共に相手の一撃を受け、呻いた。

「くそッ」

平九郎が刀をかざして駈け寄ろうとしたとき、人間の血と汗と脂《あぶら》に、重くたれこもったあたりの空気が、
ばあーん……と揺れ動いた。

平九郎が刀を振り飛ばし、頭を押えて、ぐらッとよろめき、ほとんどのめり落ちそうに山道から崖に半身を乗り出して倒れた。

玉井惣兵衛が、山道の上の方から、ぼんやりと現われたときには、四人の侍は、みな死んでいた。

惣兵衛が必死に小刀を突きつけて「あの侍を撃たねば貴様を殺すぞ」と威《おど》した猟師は、恐怖のあまり、仕方なく、惣兵衛に腕を摑まれたまま、崖の下から、決闘の場処《ばしよ》

よりやや離れた山道へ這い登り、森林を廻って、斬り合う四人の上から火縄《ひなわ》に火を点じ、言われるままに、鳥井文之進を狙《ねら》った。

平九郎よりも文之進を狙わせた惣兵衛は、ただもう甥の伊織の危急だけしか頭になかったのである。

猟師はしかし、引金をひくとたんに狙いを外した。獣と人間の区別を、この男はわきまえていたらしい。だから、弾丸は文之進を外れたかわりに、突然、山道を駈け寄って来た天野平九郎に命中したのである。

惣兵衛は、黙って甥の体を抱き起した。

伊織も文之進も不思議なほどに安らかな死顔《しにがお》だった。

最後に打ち合った一撃が、この若い二人の余力を奪ったのだ。

伊織は胸に、文之進は腹に相討ちの刃を受け合っている。

惣兵衛は汗と埃《ほこり》にまみれ、自分の全身が地の中へのめり込みそうに重く思えた。

伊織の体を抱いたまま、彼は妾のおみちのことも殿様のことも、子供のことも、頭に浮んではこなかった。ただ、体が重く、指一本動かすのも厭なほどの疲労だけを感じていた。

谷間の向うの山肌が、澄み切った青い空の中で、夢のように秋の陽を浴びている。

崖から山道にかけて、芒《すすき》が白く風に揺れていた。

やがて、山道を駈け下った旅商人の知らせで、谷間の湯宿に休憩していた番所の役人が二人、足軽達を連れて現場へ登って来た。旅商人も、谷間に居た木樵《きこり》達も、数人、後からついて来た。

役人は二人共軽衫袴《かるさんばかま》に大小を差し、朴訥《ぼくとつ》そうな中年の武士だったが、

「この体《てい》は何事です？」と惣兵衛に言った。

ふっと、惣兵衛は、放心からさめた。

木樵や炭焼きが遠く離れて、山道へ重なり合い、恐ろしそうに血まみれの死体に見入っては、囁《ささや》き合っている。

「われらは峠の番所の者だが、この体は何事でござる」

もう一人の役人が怒鳴るように、また言った。

惣兵衛は、かすかに震える手で伊織の懐を探り、この敵討ちが幕府へ届け済みのものだということを記した藩主からの書付けを引出し、役人に差し出した。

役人達は、敵討ちの現場に立合ったということ、その扱いと処理をするという刺激だけで昂奮した。彼等は、生き残った惣兵衛に尊敬といたわりとを交え、口々に質問しはじめた。

惣兵衛の顔も体も、擦りむいた傷や、こびりついた泥や、汗や脂で無惨《むざん》なものに見えた。

惣兵衛は、途切れ途切れに、

「わ、わたくしは、簗井土岐守家来、玉井惣兵衛と申します。こ、これなる者は、わたくしの甥、玉井伊織。只今《ただいま》――只今父の敵を討ちとりましたなれども……」

「相討ちとなられたか？」

「は、はッ」

役人達は感嘆の叫びをあげた。役人も木樵達も一様に、惣兵衛を今日の英雄と見たのである。

「あなたも、大分働かれたと見えますな」

「御奮戦の有様が眼に浮ぶようでござる」と、口々に役人は言った。

旅商人がしきりに木樵達へ説明しているらしく、急にざわめきが聞えはじめた。

惣兵衛は夢中になった。

「敵、鳥井文之進、及び、附人の天野平九郎、両人とも豪の者にて……」と言ううちに、得体の知れぬ昂奮が胸に突き上げ、すらすらとしゃべった。

「両人とも豪の者。こなたは、みんな相果てましたが、わたくし、必死の勇気を奮い起し、只今、やっと、文之進を仕止めたところでござる」

「おうおう――」

「お見事だ。お見事でござる」

役人達は心から、この白髪の交じりかけた中年の武士の奮闘を信じ、賞嘆した。

惣兵衛は酔ったように喚《わめ》いた。

「これなる伊織に、トドメをいたさせんと駈け寄り見れば、すでに伊織は絶命いたしてござる。残念――残念――残念でござる」

嘘《うそ》とも本当ともわからぬ涙が、どッと溢れてきて、惣兵衛は、この敵討ちに自分が力の限り斬り合ったような錯覚に溺《おぼ》れ込んでいた。

「甥御殿は気の毒なことをいたしましたなア。しかし、あなたの御奮戦は、永く後世に残ることでしょう。お見事だ。お見事だ」と、役人の一人が叫ぶと、山道にひしめき合った者達は一斉《いっせい》に惣兵衛へ感嘆のどよめきを送ってきた。

惣兵衛は涙をこすりこすり喚きつづけた。

「それがし奮戦の甲斐《かい》もなく――一目、敵の首を見せてやりとうござった。一目、伊織に――それがし奮戦の甲斐もなく残念でござる。それがし奮戦の甲斐もなく……」

伊之助の死体は――姿は、何処にも見当らなかった。

抜討《ぬきう》ち半九郎

笠も揃えば、植え手も揃う。

娘田植の赤だすき、
女房《にょうぼう》よぶなら、太い嬶《かか》よびゃれ。

二百十日の風除《かぜよ》けに……。

田圃《たんぼ》という田圃には、また田植歌が流れはじめた。

みどりの苗は、百姓達の両手に捌《さば》かれつつ、希望をこめて、大地に植えられて行く。

昼下りの初夏の陽射《ひざ》しは、燦々《さんさん》と、この山間《やまあい》の村に降りそそいでいた。

「坊さまよウ。あとは遠慮なく、湯でも飲んで、ゆっくりと休んで行きなさるがいいに――」と、若い百姓の女房が、半九郎に声をかけて立上った。

「ほんによ。けども、もし、体の工合がいけねえようなら、おらの家へ泊ったらいいがな。なあ、とっつァま——」

若い良人の言葉に、その両親らしい老夫婦も、親切にうなずき、しきりにすすめてくれたが、半九郎は首を振り、淋しげな、そして落着いた微笑を痩《や》せた頰に浮べ、

「勿体《もったい》のうござる。この年老いた乞食坊主は、いま恵んで下された飯や汁で、勇気百倍いたしましてな、もう大丈夫でござるよ」

「そうか。それならいいけどもよ」

「はい、はい……」

「何だか知らねえが、お坊さまが探しておいでになる、その大切な探しものとやらが、早く見つかるといいがのウ」

「はい。はい……」

「では、お坊さま。お達者でなア」

口々に、なぐさめの言葉を半九郎にかけつつ、百姓一家は、田圃と田圃の間の、この高地の一角から降りて行った。

半九郎は合掌《がっしょう》して見送り、其処《そこ》の草原に片づけてある鍋や飯櫃《めしびつ》の間から、土びんを取り上げ、ぬるい湯をもう一口、啜《すす》った。

昨日、上田領から山越しに松本の領内へ入り、昨夜は、この桐原村の少し上の、越山《ごしやま》の山麓にある、辻堂の中で野宿した関根半九郎であった。

袴《はかま》垢《あか》と埃《ほこり》にまみれた僧衣。破れかけた笠。粗末な、おそらく彼が手造りしたものらしい小さな厨子《ずし》を肩に背負った半九郎の姿は、誰が見ても乞食坊主としか見えまい。

その通り、半九郎には、法名もなく、頼るべき寺院も無いのである。

一つ覚えの経文を唱えて受ける喜捨《きしや》の銭に、ようやく飢《うえ》をしのぎ、ものにつかれたような執念《しゆうねん》の炎を搔《か》き立て搔き立て、暗闇《くらやみ》の旅路を探して歩いている。

その探しものに出会ったときこそ、

(俺は、もう、その場で息の根が止ってもいいのだ。だが、それまでは、どうしても死ねぬ。我ながら可笑《おか》しい奴だと思うが——どうしても、それまでは生きていたくなった)

半九郎は、今朝早く、辻堂を出て、丸二日、ろくに食べぬ体を、ふらりふらりと運んでいるうちに、此処まで来ると意地にも動けなくなり、田圃道の傍《そば》の高地へ這《は》い上って、朝の陽に露が乾きはじめた草の上へ、ひとたまりもなく転げ込んだ。

体の中の血が、すーっと青い空に吸い込まれて行くような気がして、半九郎は意識を失っていった。

ふと、気がつくと、さっきの百姓一家が、昼飯どきに、この高地へ上って来て、半九郎に気がつき、介抱してくれていたのだ。

もてなされた雑炊《ぞうすい》は、二日も空《あ》けていた半九郎の腹には丁度よかった。久しぶりに彼の手足にも血がのぼってきた。昨夜は冷え込んだとみえて、肩の刀痕《とうこん》の痛みがたまらなかったのだが……それも、今は、汗ばむほどの初夏の陽光が、どうやら消してくれたようだ。


五月三十日《みそか》、泣く子をほしや。

畦《あぜ》に腰《こ》しょかけ、乳《ち》ちょくれる……。


一家総出に、仲良く力を合せて励む労働の唄声を聞きながら、半九郎は、込み上げてくる激烈な淋しさに耐えかね、思わず唇《くちびる》を噛んで嗚咽《おえつ》をこらえた。

抜討ち半九郎と仲間達からも呼ばれ、殺人と強盗と、それから逃亡に明け暮れした彼の凄まじい半生のうちでも、今ほどの苦しみは味ってこなかったように思える。

ただ一人——この世の中でただ一人だという淋しさが、もはや昔の体力も気力も失った半九郎を、ときどき、のたうち廻らせるほどの恐ろしさで、体に、胸の底に噛みついてくるのであった。

「う、う、う……」

こらえかねて、半九郎は草原にうずくまり、厨子を引寄せて両腕に抱いた。

その厨子の中には、十四年前のあのとき、半九郎と共に最後の仕事にとりかかり、意外な破綻《はたん》の下に地獄の道へ駈け込んで行った人々の名が、書き連《つら》ねてあるのだ。

一

十四年前の、明和七年の秋も深くなってからのことだ。

北国《ほっこく》に五十万石を領する稲毛藩《いなげはん》の城下町の、藩主の菩提寺《ぼだいじ》である永徳院へ盗賊が押込み、金六千両を奪って逃走した。

住職の道観《どうかん》は、六十を越えた老僧だが、体格もすぐれ、肉の厚い脂《あぶら》ぎった顔を見てもわかるように、酒も女も欠かしたことがない。それでいて政治力も強く、藩主、岩見守昌輝の政事《まつりごと》にも関与し、家老や重役達とも、それぞれに結びついているばかりでなく、城下の豪商達の間にも勢力がある。

商人達の利害と藩の政治との間に立って、適当に利慾を得ている道観だけに、この秋、門前町の失火から、寺内にも火が移り、本堂が焼け落ちたときも、藩主からはもとより、商人達の寄進も大きく、相当な金額が集ったのであった。

火災の最中に、風向きが変って庫裡《くり》や書院、土蔵などの類焼はまぬがれたが、焼け肥りは確実なところで、道観はホクホクものである。

藩の足軽の娘で、十八になるお世津《せつ》というのを妾《めかけ》にして、城下外《はず》れの清野村というところへ囲ってある道観だが、近頃では、もう妾宅通いの外に、月に数度はお世津を呼び寄せ、居間の奥深くへ閉じこめて、二日も三日も引止めておくようになっている。

本堂の焼け跡の整理も終り、間もなく再建の工事に取りかかろうという或日《あるひ》のことだ。

道観は、朝の勤行《ごんぎょう》を済ませると、前日から呼び寄せておいたお世津と一緒に、奥の部屋へ閉じこもったきりであったが、……その日の夕暮れも近い頃になり、寺僧が、廊下の外から遠慮がちに声をかけた。

「禅師様——あの、禅師様……」

「何じゃ？」

「只今、岡山の浪人、大沢治太夫と申される方が見えましてござりまするが……」

「その浪人が何じゃと申す？」

「はい。その方の母御どのの御回向《ごえこう》を賜りたしと、かようでござりまするが……」

「浪人者の回向など、殿様の菩提寺である当山が、いちいち出来るものかと申せ。第一、藩庁へ届出がのうては、かなわぬことじゃ」

「はい。なれど、その方は、禅師様の御高徳を耳にいたし、ぜひにもと……」

「何、わしの噂《うわ》さを聞いてとか……？」

「はい。それに回向料として金百両、持参なされましてござります」

ものも言わずに、道観が居間の障子を開けて廊下へ出て来た。白綸子《しろりんず》の衣服が、やや乱れ、光沢のよい坊主頭が、うっすらと汗ばんでいる。

その浪人が、風采《ふうさい》の立派な、供の侍も下男も従えているということを聞き、寺僧の手が差出すふくさの中に、まぎれもなく百両の小判包みを見た道観は、

「ともかく、書院へ通してみよ」と、命じた。

道観は、居間から寝所へ戻り、若い妾に、

「すぐ戻るゆえ、温和《おとな》しゅう待っておれよ。な……」などと、甘ったるい囁《ささや》きを残し、衣服を改め、厳然たる面持をつくり、悠然と書院へ出て、客を迎えた。

成程《なるほど》、寺僧の言う通り、大沢治太夫という浪人は、渋味のある、しかも贅沢な衣服

に、がっしりとした体を包み、眼は鋭いが、礼儀も正しく、

「私は、岡山に永年住んでいた者でござるが、此度《このたび》、越後長岡藩に召出されまして赴任の途中、同行の母が身罷《みまか》りましたもので――突然、御無礼をもわきまえず参上いたしました」と、語りはじめた。

年齢は四十前後。剣客《けんかく》としての、その技倆《ぎりょう》を長岡藩に三百石の高禄で買われたというだけあって、まことに立派な風貌《ふうぼう》、態度なのである。

門弟だという、これも中年の侍が、きちんと治太夫の後に控えていた。

「しばらくの間、岡山の親類に預けおき、長岡での私の暮しが落着いてから、呼び寄せようと言い聞かせましたところ……」

と、治太夫は指を眼に当てて、声をうるませ、

「何分、母一人、子一人のわれら母子。母が私と離れますること、片時も出来ぬと申しまして――年老いた旅馴れぬ身を、無理にも押して……」

若狭《わかさ》の国へ入るころから下痢《げり》を起しはじめ、それからどうとも止らず、一昨日の夕方、この稲毛城下へ着いて旅籠へ入るとすぐに高熱を発して容態急変し、今朝、ついに亡くなったというのであった。

急ぎの旅先のことではあり、遺骸を運んで旅を続けることが出来ず、旅籠の主人の

言葉で、道観禅師の高徳を知り、思い切って母の供養《くよう》を頼んでみようと決意し、取るものも取り敢えず駈けつけた次第だと、治太夫は落涙しつつ、

「母の遺骨を抱いて旅をつづけようとは、思いもよりませなんだ」

こらえ切れぬように両掌で顔を被《おお》った。

門弟の侍も、耐えかねたように嗚咽《おえつ》を洩《も》らしはじめ、道観も、何となく引込まれて神妙な顔つきになり、治太夫の孝心を賞《ほ》め、傷心を慰めたのである。

浪人と言っても先祖から譲り受けた多くの土地も山もあって、岡山には永く住みついており、治太夫の剣客としての隠れたる盛名は、岡山城主、池田侯の眼にも止って、今までにも再三、仕官するようにも招かれたのだが、岡山藩の気風が好ましくないので断わりつづけてきたのだと、治太夫は語った。

何よりも、自分の高徳を知って、これほどの武士が頼みに来たということが、みずから政治家をもって任じている道観の優越感を誘った。それに金百両の回向料は、理財に長じたこの老僧を、少くとも快《こころよ》い気分にさせたことは、確かであった。

道観は、浪人大沢治太夫の孝心に応じてやることにしたのである。

本堂が焼けているので、通夜は書院で行われた。

道観の読経が始まるや否や、大沢治太夫は本性を現わし、盗賊関根半九郎に変った。

寝棺の中には母の遺骸どころか、髪の毛一筋も無い空《から》っぽで、これを担《かつ》ぎ込んで来た者も、門弟だとか家来だとか言って通夜の席に神妙な顔を並べていた連中も、合せて十三名が、たちまちのうちに寺僧を引っくくって一室に閉じこめ、門を閉ざし、藩から警衛の為に派遣されている足軽達も斬殺《きりころ》された。

「坊主。血を見るのが厭《いや》なら、鍵を早く出せ」と、半九郎は道観に言った。別に凄《すご》みをきかせているわけではないが、人間の血の匂いに馴れ切っている不気味さが、その声にある。

「きっと、乱暴はせぬな？」

「鍵だ。土蔵の鍵を出せといっているのだ」

実に水際《みずぎわ》だった速さと大胆さである。

(道観ともあろうものが、何という不覚千万な――)と、道観は苦笑し、また口惜《くや》しがったが、殺気に満ち満ちて事を急いでいる盗賊達の前には、不承不承、鍵を渡さざるを得ない。

盗賊達は魔物のように土蔵から千両箱を六つ、運び出した。金の他に財宝なども置

いてある筈《はず》なのだが、首領の半九郎が、

「よし、それまで――」と命じたところを見ると、かなり遠方まで逃げのびるつもりらしい、と道観は見てとった。

寝棺に詰めた千両箱六つは、三十七、八貫にもなるだろうが、これを盗賊達は裏の墓地伝いに運び出した。城下の南端にある高地の上のこの寺の下には、大倉川という川が流れている。

すでに、崖下に二艘の舟が待構えていて金箱入りの寝棺と盗賊達を積込み、逃亡した。

その後も約半刻ほど、首領の半九郎と四名ほどの手下が寺に残って、奉行所への盗難届出を押えた。

寺僧達は、いずれも土蔵の中へ押込められ、鍵をかけられてしまっている。

いざ引上げというときになり、盗賊の一人が寝間の押入れに隠れていたお世津を見つけ出して、

「ひゃア、こいつは見《み》っけもんだ。生臭坊主め、こんな上玉を嘗《な》めていやがったのだな」

歓声をあげて、お世津の肌を引きむき、けだもののように飛びかかった。これは泉

の金兵衛という美濃《みの》の盗賊で、乾分《こぶん》五名と共に、半九郎の今度の仕事を手伝ったものである。

「引上げだ。そんなことをしている暇はないぞ」

半九郎は、すぐに気づいて寝間へ踏込み、金兵衛の肩を摑んで引戻した。道観の妾は気を失っているらしく、白い太股《ふともも》をさらして倒れたまま身動きもしない。

「いいじゃアねえか。野暮《やぼ》を言うねえ」

「引上げのときは外せねえ。取っ捕まってもいいのか」

半九郎は凄い眼を白く光らせ、先刻までの岡山浪人、大沢治太夫の神妙な口調とはガラリと変り、むしろ冷やかに言った。金兵衛は大むくれになり、

「俺はすぐに後から追い着くぜ。どうせ集る場所は飛驒《ひだ》の……」

「うるせえ。さ、早く来い」

「厭だ。俺ア、今までにこんな上玉にぶつかったことはねえ。一寸《ちよつと》でも思いをとげねえうちは……」

俺も盗賊仲間では売れた男だ。今度の仕事では手助けをしても、半九郎の乾分ではないのだぞ、というところを見せて、金兵衛も狼のように歯をむき出し、また女に躍りかかろうとする。

「手前《てめえ》の為に、みんなが迷惑する。言うことを聞かねえなら、斬るぞ」

じりッと半九郎は、左足を踏み出した。

「何だとッ。ふ、ふざけるなッ。俺も泉の……」金兵衛だと見得《みえ》を切るつもりだったが……。

薄暗い灯影を切って、半九郎の手から刃が閃《ひら》めき、金兵衛は絶叫をあげて転倒した。金兵衛が倒れかかる、その前に、半九郎の刀は、鞘《さや》に鍔鳴《つばな》りをさせて吸込まれている。

「馬鹿奴《ばかめ》――」と、半九郎が陰惨な呟《つぶや》きを洩らしたときだ。

重く垂れ込めた夜気を震わせ、突如、境内の早鐘が鳴りはじめた。

「頭《かしら》ッ!!」

飛込んで来た浪人くずれの佐藤孫六という乾分が、さすがに上ずった声で、

「寺侍も坊主共も、みんな土蔵へ押込めてある。こんな筈《はず》はねえのだが……」

「よし。金は半刻近くも川を下っている。あとは俺達だけだ。構わず逃げろ」

半九郎は、ちらッとお世津を見たが、女は、蒲団の中に半分首を突込み、ピクリともしない。

すぐに盗賊達は戸外の暗闇へ吸い込まれてしまった。

早鐘を鳴らして急を告げたのは、他ならない土蔵へ閉じこめられていた寺僧である。

道観は隅に置けない禅師様であった。

土蔵の床下から地下を潜って庭へ脱けられる秘密の隧道《すいどう》をこしらえてあったのだ。これは寺僧の中でも、道観腹心の限られた者の他には、このときまで全く知らなかったものだ。盗賊暮しを十数年もやっている関根半九郎も、これには、さすがに気がつかなかったのである。

いや、気がつかないと言えば、半九郎は、もっとひどい、もっと馬鹿馬鹿しい失敗をやっていたのであった。

隧道から庭へ、泥まみれになって現われた道観は、にやりと笑った。

(頓馬《とんま》な泥棒さんじゃわい。お前方が攫《さら》っていった千両箱の中味は、みんな泥と石ばかりじゃ。本物の小判は、みんな床下の穴蔵に隠してあるのじゃ。このところ、殿様からの年貢のお取立が厳しいので、百姓共が不平不満を鳴らしはじめ、どうやらムシロ旗を押し立て、一揆《いっき》(暴動)でも起りそうな気配《けはい》が見えたので、この寺へ暴れ込まれたときの用心に、中味を入れ替えておいて、よかった、よかったのウ)

道観は胸のうちに勝ち誇ったが、しかし稲毛藩五十万石の黒幕だと自他共に許している自分が、もっともらしい半九郎の狂言に一杯喰わされたことを考えると、また激しい怒りが衝《つ》き上がってきて、あたりを右往左往する寺僧を怒鳴りつけた。

「何をしておる。一時も早く奉行所へ知らせよ。もっと早鐘をつけい。ええい、何をぐずぐず……奉行を呼べ、奉行を呼べい——うぬ。盗賊共め。今に見ておれ。一人残らず縛り首にしてくれるわ」

二

半九郎は手下の三名を連れて、永徳院を飛出すと、まだ寝入り端《ばな》の町民達が、寺の早鐘の音に気づき飛出して来るのを、突き退け蹴倒しつつ、門前町の通りをまっしぐらに駈抜けた。

永徳院は、城下の町外れにあり、東北の側に大倉川を隔《へだ》てて越中の山々がのぞまれる。あと三方は城下町と、それを囲む平野がひろがり、その北西の彼方に日本海があるのだ。

半九郎は、この高地を降《くだ》り、大倉川の上流へ出ると、其処《そこ》の舟番所の定番人、足軽などを斬殺し、川を渡って越中側の山へ逃げ込んだと、見せかけたのである。

そうしておいて、川伝いの細道を再びもとへ戻り、つまり永徳院の対岸まで引返して来た。

その頃には対岸の闇に、松明《たいまつ》の火、提灯の灯が乱れ、人馬のざわめきが起って、乱打する鐘の音が激しく聞える。

奉行所から繰り出した追跡の人数が、思った通りに越中方面へ向ったと確め、半九郎は尚《なお》も川の上流へ駈け続けた。


先に出発した舟の盗賊達と、半九郎達が合流したのは、翌日の未明である。

大倉川が、城下を二里ばかり上流へ離れると、川は二つに分れ、その支流（丸寝《まるね》川）は、城下から五里ほど離れた扇潟《おうぎがた》という湖沼に流れ込んでいるが——彼等が落合ったのは、この湖に点在する漁村の村外れであった。

「よし。うまくいった。この湖を突切れば、飛騨への国境《くにざか》いまで、三里か四里だぞ。国境いを越えてしまえば、もうこっちのものだからな」

半九郎は仲間達と共に、用意してあった土民の服装に着替えながら、ホッとしたように言った。

あたりは、まだ薄明るく、冬のような寒気に包まれている。

空には残月が白く浮んでいた。

ときどき、けたたましい水鳥の鳴き声が、あたりの静寂を破った。

「お頭は、今度の仕事を最後に、足を洗うとか聞いたが、本当なのか？」

葦《あし》の茂みに屈《かが》み込んで、これも衣類を替えながら、永井郷右衛門が言った。

郷右衛門も半九郎と同じ浪人くずれで、四年ほど前から仲間になった。奸智《かんち》に長《た》けていて、しかも、やることが惨忍を極める男である。

去年の春——大和、郡山《こおりやま》附近の庄屋の邸へ押込み、そこの若女房を強姦《ごうかん》しかけたとき、傍《そば》で泣き出した赤ン坊を「ええ。うるせえな」と、眼の色ひとつ変えずに絞め殺そうとしたことがある。

郷右衛門の片手が無造作に、あッと言う間もなく、その幼児の命を奪いかけるのを見たとき、

「永井ッ!!」

思わず顔色を変え、半九郎は刀の柄に手をかけたものだ。

「何だ？——お頭、俺を殺る《や》気か——」

郷右衛門も半九郎の抜討ちの恐ろしさは何度も眼前に見てきているだけに、さッと青くなったが、そのときには素早く飛退って、逃げるに充分な間合いをつくり、

「仲間割れをお頭がするつもりか。それじゃア示しがつかねえぜ」と、嘲《あざ》けった。

今までの仕事で、郷右衛門の働きは充分に半九郎を満足させていたし、盗賊同士の仲間割れが、どんな恐ろしい破滅をまねくかということは、半九郎もわかりすぎるほど経験している。

舌打ちをして、体から殺気を抜くと、

「お頭も、女が出来てから気が弱くなったな」と、郷右衛門は薄笑いを浮べて見せたものだ。

「俺達は、女をつくらねえ方がいいのだ。きまった女が出来たら足手まといになるばかりで、泥沼を渡る足もとが危くなるからな」と、半九郎も常々言っていただけに、

「足を洗ってどうするつもりなんだ。ふン。俺達の歩く道は一つ。その他の道はねえ筈だが……」

葦の茂みの中で言う郷右衛門の声が、半九郎の気を滅入《めい》らせた。

「足を洗って、何をするつもりなのだ？　え、お頭――」

「探しものをするのだ」と、半九郎は呟くように言った。

「何を――ふーん。何を探すんですね？」

「小せえものだ」

「小せえもの？」

「何でもいい。早くしろ」

半九郎は、郷右衛門をせきたて、川から湖の岸辺へ引き入れた舟へ、千両箱を菰包《こもづつ》みにして運び込んでいる乾分達の方へ近づいて行った。

みんな、仕度を終えたところらしいが、朝の光が、ほの白く漂《ただよ》いはじめた湖面を背にして、土民姿に変った盗賊達が、何か騒然と争っているようだ。

(フム。仕方がねえ――やるか!!)

半九郎は大刀を股引の腰にしめた帯に差し込み、振向いて、

「おい、永井」

「お頭。やるか？」

郷右衛門は事もなげに言い放って、これも大刀を腰に差した。

二人は、黙って岸辺へ近づいて行った。

「お頭ッ。うちの親分は、どうしたんだ？」

「さっきから、どうもおかしいと思っていたんだが、親分はお頭と一緒だった筈だぜ」

「どうしたんだ。言ってくんねえ」

「黙っていたんじゃわからねえ」

騒ぎたてているのは、半九郎が、さっき永徳院で斬殺した泉の金兵衛の乾分五人であった。

今度の仕事は、馴れない土地へ足を伸ばし、しかも藩の菩提寺という格式を持つ永徳院へ押込み、獲物も大きいだけに、集った半九郎一味だけでは人数が、どうしても足らなかった。

この正月に、中国筋で一仕事して、数ヵ月、大坂や京都に散ってほとぼりを冷《さ》ましていた半九郎達は、四年ぶりに江戸へ出て、次の仕事にとりかかろうと、彦根の城下までやって来た。そのときに、北陸路に威勢を誇る稲毛城下の、永徳院本堂焼失の噂さを耳にしたのだ。

永徳院の道観禅師が稲毛家の政事《まつりごと》にも関係していて、相当な勢力をもっているということは、彦根あたりにまでも聞えている。

本堂焼失となれば莫大な寄進の金が集るに違いない。警察制度がきびしい江戸へ戻って危い仕事をやるよりも、思い切って稲毛の城下へ乗込もうと、半九郎は決心した。

前に、郷右衛門が二度ばかり一緒に仕事をしたことがあるという泉の金兵衛を郷右衛門が美濃へ迎えに行き、越前の福井に人数を揃えたのは、七日ほど前のことであった。

「お頭。金兵衛はどうしたんです。奴等が、うるさく騒いでますぜ」

近寄って行く半九郎を迎えるように、赤池の伝次郎が囁いた。これは永年、一緒に仕事をしてきた経験豊かな盗賊であった。

「うむ。俺が話す」と、半九郎は前へ出て、「みんな、静かにしろ。今のところ追手はうまくまいたが、ぐずぐずしてはいられねえ。金箱は積んだか？」

半九郎の乾分達が一斉にうなずいた。

「よし。金兵衛さんの乾分衆、こっちへ寄ってくれ」

半九郎は手をあげて招き、ちらッと郷右衛門と眼配《めくば》せを交した。

「親分は、一体どうなったんで……？」

「まさか、捕まったんじゃありますめえね？」

金兵衛の乾分達は粒よりだった。何よりも親分の金兵衛を中心にして、しっかり団結している様子が、その眼や声に切迫したものが現われているのでよくわかる。

(女好きの金兵衛も、乾分達を統率する力は、なかなかあったのだな。こいつらをやっつけるのは、一寸、可哀想だが……)

四十を越え、しかもお民という女と連れ添うようになってから、自分でも驚くほど刀を抜くのが面倒になった半九郎なのだが……。

「金兵衛は大事なときに、女狂いの癖《くせ》を出したので、俺が斬った」と、一気に言った。

「な、何だとッ」

「親分を……手前が……」

ギラリと郷右衛門が抜刀したので、半九郎一味の者もハッと息を呑む。

金兵衛の乾分達が、驚き、あわて、殺気立つ、その一瞬だった。

ものも言わずに、半九郎と郷右衛門は躍り込み、刃を振った。

「うわあ!!」

「くそッ——あッ。ぎゃーッ」

その辺りの葦の茂みから、水鳥が羽ばたいて湖面の水を掻き乱した。

静まり返った湖の岸に、金兵衛の乾分五名は、無惨な死体をさらしていた。

「お、お頭……」と赤池の伝次郎が、呻《うめ》いた。

「六つの千両箱は俺達だけで分けるのだ。同じ餌を十三人で食うのと、七人で食うのとじゃア腹のふくれ方が違うからな、少し面倒だが、こいつらも舟へ積込み、湖へ出てから水の底へ沈めるんだ」

郷右衛門がニヤリと、刀を鞘に納める。

半九郎は黙って、刀の血をぬぐっている。

これは二人だけの胸に納めて、いざというまでは誰にも明さなかっただけに、一味の者も、さすがに肝《きも》が冷えたらしく、半九郎と郷右衛門の水際立った腕の冴えに唾《つば》を呑みこむばかりであった。


半九郎一味が、湖面に漂う靄《もや》の中に消え去り、岸辺に朝の陽が射込む頃――湖岸の道をたどって来る三つの人影があった。

これは、信濃、松代藩の侍で、砂子《すなこ》与一郎、小平太の兄弟。それに従う若党の前田大五郎である。

三人とも、永年の旅の疲れが、衣服や、憔悴《しょうすい》した顔や体にもハッキリ浮び、路を歩む脚にも力が無かった。

「小平太。腹の痛みは、どうだ？」と言った砂子与一郎は、三十を三ツか四ツ越えているだろう。

「はい。大分、よくなりました」

弟の小平太は、若さが、まだ希望と夢を失わさせていないらしく、

「故郷《くに》の母上は、今頃、何をしておいででしょうな、兄上――」

「親類の家に、ただお一人で暮しておられるのだ。考えて見ずともわかるではないか」

「ああ。早く――一日も早く敵《かたき》半九郎の首を持って帰らねば、砂子の家も、母上の身も、すべてわれらの手から消えてなくなります。くそッ。六年前に草加《そうか》の宿場で、きやつに出会ったとき、是が非にも仕止めてしまうべきだった。あのとき以来、関根半九郎の行方は……」

小平太は苛《いら》だたし気に舌打ちを繰返した。

兄の与一郎は黙念《もくねん》と歩みつづけている。

「若旦那様。向うに漁師の家が見えます。人を起して飯や汁などを用意して貰いましょう」と、若党の大五郎が急に元気な声をあげた。これは実直そうな四十がらみの男だ。

「おう。そうか――頼む」

「はい。昨夜《ゆうべ》は、あの山の辻堂で夜を明しましたので、小平太様も、それで……」

「なあに、もう大丈夫だ。野宿すれば、それだけ宿賃が助かる。故郷を出てから、も

う十年になる。此頃では路用の金も親類共は良い顔をして出してはくれぬのだからな。のう、兄上、――」

小平太は、むしろ憤然と言ったが、与一郎は力の無い苦笑を洩らしただけである。

湖岸の漁師の家で、朝飯を済ました三人は、まっすぐに道を稲毛の城下へたどって行った。

その頃――稲毛家の追手は、急に越中方面への追跡を止め、一転して飛騨の国境へ向ったのである。

これは、あのとき――半九郎が泉の金兵衛を斬倒す直前に、「どうせ、集る場所は、飛騨の……」と洩らした金兵衛の一言を、気絶しかけながら耳にはさんだ道観の妾、お世津が、ふッと思い出して、道観に告げたからであった。

道観は、腹心の寺僧達に固く口止めして、半九郎一味が盗み出した金箱の中味のことは藩の役人にも洩らさなかった。

稲毛岩見守は、菩提寺の本堂再建の大金を盗み出した盗賊一味に、激しい怒りを投げつけ、「草の根を分けても、盗賊共を捕えよ」と、厳命した。

道観は、また新たな寄進の金が集ることを思って、ひとり北叟笑《ほくそえ》んだのである。

三

「それにしても姐《あね》さん。もう着いてもいい頃だが——」

旗鉾《はたほこ》の十兵衛は、六尺に近い巨軀《きよく》を薄暗い土間に運んで、戸外を眺めつつ、炉端に黙念と坐っているお民に声をかけた。

「馴れない土地で仕事をした上、しかも二十里近い道《みち》のりを逃げてくるのだもの。今度は、何だか、危いような気がしてならないのだけれど……」

お民は、嘆息して、薪《まき》を大きな囲炉裏《いろり》にくべた。

切り立った崖と、聳《そび》える山肌に囲まれた、この小屋の囲《まわ》りには、早くも夕暮れの気配が漂っているが、山と山の切れ目にのぞまれる僅かな空は、まだ青く明るい。

此処は——越中、加賀への国境いから四里ほども山を巻き、渓流に沿い、谷を越えた飛驒の山の中にある、十兵衛の出作《でづく》り小屋であった。

飛驒の高山城下へ通ずる白川街道へ出るには、まだ山を縫い、谷へ降り、それを何度も繰返しながら三里ほども行かねばならない山奥である。

このあたりの村は耕地も少いので、村人達は、夏の間、山の奥に建てた出作り小屋へ行き、その囲りの土地を開き、炭を焼いたり、稗《ひえ》、粟、豆などをつくり、秋にこれを収穫《とりいれ》て、村へ帰って来る。

十兵衛の小屋も、その一つなのだが、彼の小屋は他の村人達のような仮小屋ではなく、かなりがっしりした黒光りする柱や梁《はり》が組込まれたもので、炉端の部屋を入れて三部屋もある（その他に、これは、村人達も全く気づかぬ石で組まれた穴倉が奥の部屋の下に隠されていた）。

旗鉾の十兵衛は、この土地の生れなのだが、若いうちに村を飛出し、転々と諸国を廻っているうちに盗賊となった。

武州から江戸へかけて、その勢力を誇っていた白輪《しろわ》の弥七《やしち》という盗賊の親分の下で働いていたとき、十兵衛は、仲間に流れ込んで来た関根半九郎と知り合ったのだ。

以来、半九郎が白輪の弥七の死後、乾分達の上に君臨するようになってからも、十兵衛は半九郎の忠実な乾分であったと言えよう。

「俺も体が利《き》かなくなり、このまま、お頭にくっついていたのじゃア、反《かえ》って足手まといになるから……」と、十兵衛が足を洗って、故郷の飛驒へ帰ったのは、三年ほど前のことだ。

しかし、十兵衛は「足を洗っても、この泥沼の匂いは抜け切らねえ。盗んだ金は、次の仕事にかかるまで、逃げ隠れしているうちに吹っ飛んでしまい、ちっとも身につきゃアしねえ。だがの、姐さん、危い目にさらされながら生きて行く面白さは、また格別なものだからねえ」と言って、この山奥の出作り小屋を建て、此処を半九郎一味の根拠地として役立てているのである。

山麓《さんろく》の村にある家は弟一家に任《まか》せ、ほとんど十兵衛は、唯《ただ》一人、この小屋に日を送っている。

「姐さん。お頭も、今度の仕事を最後に足を洗うそうだが——それから一体、どうしなさるつもりなんで……？」

白髪頭《しらがあたま》の、眼も鼻も口も、何から何まで大きなつくりの十兵衛は、一見して、村の庄屋のような落着きと風格をもっている。穏やかな口調で話しかけるのだが、その眼の光には、やはり尋常でないものがあった。

「さあ——どうなるか。とにかく、まとまったものを手に摑んだら、私達は旅に出るんですよ」

「何の為にね？」

「探しものを、探しにね」

お民は哀しい微笑を浮べた。

お民も、木綿縞《もめんじま》の着物をつけて、無造作に束《たば》ねた髪も、旅の陽に灼《や》けた浅黒い顔も、盗賊の女房には到底見えない。

だが、切れ長の眼にこもる淋しげな、それでいて何処か冷めたい影は、彼女の通って来た人生をハッキリと物語っている。

引き締った唇元も、山深い里のものではなかった。

「探しもの？　それア何ですね？」と訊きかけた十兵衛は、ふッと苦笑を洩らし、

「いや、こいつはすみません。俺達仲間は、手前達が通って来た道の苦《にが》くて真っ暗な景色を、お互いに話し合わねえのが定法《じょうほう》だ」

「十兵衛おじさんの通って来た道の景色は、そんなに苦かったのかえ？」

「まあね――下らねえことだが、俺が、この泥沼に足を突込んだ原因《もと》は、女でしたよ。ははは……」

十兵衛は顔をしかめて、笑った。

「姐さん。お頭のことだ。大丈夫、失敗《しくじる》ようなことはねえ。今のうちに雑炊でもこしらえておきましょうかい。恐らく、千両箱の三つや四つは間違いねえと、俺ア睨《にら》んでます」

小屋の戸を閉め、十兵衛とお民は、土間へ出て酒や食べものの用意にかかった。

お民は、かなりひどい跛をひいている。

土民姿を返り血に染め、髪を振り乱した関根半九郎が、脇差一本を腰に、乾分の、掛川の又蔵一人を連れて、十兵衛の小屋へ転げ込んで来たのは、谷底の真上の狭い空が、とっぷりと暮れ、星が、その輝きを増した頃であった。

「やッ。お、お頭ッ。どうしなすったッ？」

「お前さんッ」

炉端から飛出して来た十兵衛とお民に、半九郎は荒い呼吸を吐きつけ、血走った眼で、さッと小屋の中を見廻したが、

「まだ他の奴等は、帰って来ねえのだな」

「お頭には珍しい、失敗《しくじり》なすったか？」

「うむ――」半九郎は、又蔵を指し、

「十兵衛。手当をしてやってくれ。又蔵、大丈夫か？」

掛川の又蔵は二十四歳。親の又五郎も盗賊だったし、子供の頃から、この道を歩いて来た男だ。これも血だらけの腕を元気よく振って見せ、

「なあに――平気の平左《へいざ》でさ。それにしても畜生メ。おいら達が飛騨へ抜けること

を、どうして役人めらは知っていやがったのか、そいつが解《わか》らねえ」と、喚《わめ》いた。

「越中へ逃げ込むと見せた俺の誘いに、追手はまんまと乗った筈だが――」と、半九郎は唇を噛んだ。お民は、又蔵の腕を摑み、

「又さん。おいで。私が手当をしてあげよう」

「そうしてやれ。又蔵、早く上れ」

「お前さんは、大丈夫なの？」

「俺のは、みんな返り血だ」と、半九郎はニタリとしたが、急に突立ち上り、土間の戸を開けて、首を突出して叫んだ。

「畜生ッ。早く、早く帰って来ねえかなあ。何をしていやがるのだ」

又蔵も、板の間へ上り、お民の後から隣りの部屋へ入りながら、

「お頭ッ。おいら達が一手に追手を引受け、闘かっている間に、赤池の小父さんや永井の旦那、それに鉄砲源助、土竜《もぐら》の忠六なんどが金箱を積んだ馬を引っ張って、天狗峠の下へ降《くだ》って行くのを、確かに見ましたぜ。だから大丈夫だ。きっと帰って来ますよ」

あれから半九郎達は、扇潟を突切り、対岸へ渡ると、六つの千両箱を用意してあった二匹の馬に積み、山から切り出した材木や藁包などで巧みに偽装した。

半九郎は乾分六名と共に二匹の馬を急がせて、その日の暮れ方までには、間道伝いに飛騨の国境いにたどりついた。

昨日のことである。

もう大丈夫だと、一同が、やや緊張から解きほぐされて、天狗峠を通る街道へ出たときである（街道を数町行って、また谷へ降る筈だったのだ）。

街道をはさむ山肌と、密林の間から、半九郎は本能的に、切迫した危険の匂いが漂っているのを感じた。

「叱《し》ッ――待て」

手をあげて、鼻唄をうたっていた又蔵を制したときだ。

いきなり、あたり一面に、鋭い呼笛《よびこ》の音《ね》と、山狩りの太鼓、板木《ばんぎ》が一斉に湧き起った。

「失敗《しま》った!!」

わらわらと、樹蔭《こかげ》から躍り出た追手の人数は三十名ほどだろうか――。

稲毛藩の武士が、他領の飛騨まで追いかけて来たというばかりではなく、それは、あきらかに、この飛騨を支配する幕府直轄の役人達だということが、一眼《ひとめ》見てわかる。

その他に、この辺りの木樵《きこり》、猟師なども山狩りに狩り出されているらしく、竹槍を持ったのが十数名ほど街道を埋め、遠巻きに、じりじりと迫って来た。

「くそッ」と、半九郎は歯を噛み鳴らし、

「いいか、みんな。どっちにしろ二頭の馬は無理だ。一頭だけを天狗峠の谷へおろして、谷川伝いに逃げろ」と、命じた。

盗賊達が、隠していた刀を抜いた瞬間であった。

追手の一団は、叫び声をあげて飛び掛って来た。

狂い立つ馬の嘶《いなな》き!!

縦横に走る半九郎の抜討ちの光芒!!

あッと言う間もなく突進して来た追手の二人が、悲鳴をあげて転倒した。

この凄まじい抜討ちの冴えに、一瞬息を呑んだ追手の侍達!!

だが、すぐに、あとは凄まじい乱闘になった。

四

「佐藤孫六は斬死してしまった。孫六が口を取っていた馬は、追手の奴等に引ッ張られて行くのを見届けたが、あとの一匹は、確かに、郷右衛門達が引いて谷へ逃げた筈だ」

十兵衛が出してくれた着物に着替えた半九郎は、呻《うめ》くように言った。

虫の声が細く聞えている。

山の中の冷気は、すでに冬のものであった。

炉の火は盛んに燃えたっていたが、半九郎は、まだあきらめ切れないらしく、立ったり坐ったり、土間の戸を開けては深沈《しんちん》たる闇に満ちた戸外を睨み、

「どうして俺達の逃げ道が知れやがったか‼　まさか泉の金兵衛が息を吹っかえして捕ったのじゃねえのだろうな」などと、苛立つままに、凄まじい形相をむき出しにしている。こんな失敗《しくじり》をしたのも初めてだが、それは何時もの半九郎が見せたことのない狼狽《ろうばい》ぶりであった。

十兵衛は谷川まで降《くだ》って見張りをしに行き、又蔵は隣室で傷に呻いている。

「どっちにしても、そんなに手が廻ったんじゃァ、望みはない。お前さん、そうなれば、この家に永く居ることは、足を洗った十兵衛おじさんに迷惑をかけるばかりですよ」

お民は、炉端から静かに半九郎を見守って、声をかけた。

「あの馬には、まだ三つの金箱が積んである。三千両だ」

「お金なんか、もうどうでもいい。捕ってしまったら、そ、それっ切りだ。平太郎に——平太郎にも、もう会うことが……」

「うるせえ。少し黙っていろ」

「でも……」

「会えるか、会えねえか——生れたばかりのあいつを、六年前に甲府の城下へ捨てて来た俺達だ。あれから二度も甲府へ行って探して見ても、あいつの噂さは毛ほども聞くことが出来なかったぞ」

「たしか、境屋という旅籠《はたご》の軒下に置いて来たのだけれど、その旅籠も火事で焼けてしまったっけ……」

「どっちにしても、まとまった金を掴んでおかなくては、俺もお前も、これから生きては行けねえのだ」

「本当に、お前さん。足を洗っておくれなのだねえ？」

「お前が平太郎に会いてえと言うからだ」

「じゃア、お前さんは、たった一人、血を分けたあの子に会いたくはないのかえ」

「当り前だ。あいつが見つかったところで、今更、親でございと名乗って出られるつもりか」

「会えればいい、私ア、一目だけでもあの子に会えれば……」

「雲を摑むのと同じことだわ」と、半九郎は吐き捨てるように、「ただ、俺はな、お民——よく、生きていても、どうせ捨児《すてご》の平太郎だ。この、手前達だけが食うに一杯の世の中で、どうせ満足に育ってやしねえ。そのときにはお前に金を渡して平太郎につけてやり、俺は、一人で……」

「また泥沼へ逆戻りする気かえ?」

「俺の体にはな、この手で殺した人間共の血の匂いがこびりついているのだ。到底、逃げ切れるものじゃねえと、俺はな、覚悟を決めているのだ。だがのう、お民。どっちみち、お前とは……」

「別れるときが、いよいよ来たと言うんですね」

「ふン——厭《いや》か。厭じゃァあるめえ。その方がいい筈だ」

お民の眼からは、涙がふきこぼれてきた。

「いっそ、あのとき——平太郎と一緒に捨ててくれりゃア、よかったんだ」

「今更、愚痴を言うな。後をくっついて来たのはお前の方じゃねえか」

「自分の生んだ子を捨ててまで、お前さんにくっついて行きたかったあのときの私を、私ア自分で唾《つば》を吐きかけてやりたいんだ」

「勝手にしろ」

二人とも背を向け合って、暗い、黒ずんだ面《おもて》を、じっと土間に向け、黙り込んだ。

こういう争いを、二人は何日、何年つづけて来たことだろう。

常陸《ひたち》で一仕事すました半九郎が仲間と別れて、一人きり、伊豆《いず》の下田《しもだ》近くの湯場《ゆば》に潜《ひそ》んでいたとき、下田の港町で媚《こび》を売る女だったお民と出会ったのは、七年前の夏のことであった。

半九郎にしてみれば、その場限りの遊びにすぎず、お民もまた薄倖《はっこう》な生い立ちを捨《す》て鉢《ばち》な化粧に隠して、荒っぽい月日を送っていただけのことだったが——。

伊豆の山間《やまあい》にも追手の眼が光り出したので、半九郎はお民を騙《だま》して、夫婦者の商人に化け、伊豆を脱出した。

騙したということは、心を売ったということだ。

つまり、お民に惚れ込んだ男になったと見せかけ、お民の胸に火をつけたのである。

お民は必死になった。思っても見ない恋を得た女になったお民は、やがて半九郎に素性《すじょう》を打明けられても、男から離れて行くことが出来なくなってしまっていたのだ。

旅から旅へ……やがて、甲州、上野原の宿で、平太郎をお民は生んだ。

上野原で落ち合うことになっていた仲間の一人が八王子で捕り、追手が迫ったのを知った半九郎は、お民と平太郎に二十両の金をつけ、ひそかに逃げ出したが、お民にさとられて追いつかれ、止むなく足手まといになる平太郎を捨てることを条件に、お民が同行することを承知したのである。

一年以上も一緒に暮したお民だけに、さすがの半九郎も未練が無いこともなかったのだ。

お民は、苦しみ悶《もだ》えつつ、平太郎を捨てた。

お民が跛になったのは、そのときに、信濃へ脱《ぬ》ける笠取峠の附近で右脚の骨を折ったからである。

甲州から執念ぶかく追って来た普門寺《ふもんじ》の徳蔵という目明しが、信濃領の役人にも手配して、山道に半九郎を囲んで乱闘になったとき、「逃げろ」と半九郎はお民を突飛ばした。お民は疲れ切った体に力もなくよろめいて足をすべらせ、谷へ落ちたのだ。

その夜更け――もう死を覚悟したお民が、崖の中途の木の茂みに引っかかったまま半死半生になっているとき、半九郎は危険をおかして救いに来たのだった。

「お前さんが、よもや来てくれるとは思わなかった……」

お民が苦い笑いを見せて言うと、

「無駄口を叩くな」と、例によって叱りつけられたが、その半九郎の声には、それまでのお民がただ一度耳にした男の温さがこもっていたものである。

それからもう、六年にもなる。


「おッ――」

突然、半九郎は立上り、土間へ出て行ったが、

「十兵衛が帰って来たらしい」

旗鉾の十兵衛が、汗だらけになり、昂奮を抑え切れない眼をギラギラさせて小屋へ駈け戻って来たのだ。

「お頭ッ。帰って来ましたぜ。馬に金箱を積んで、永井さんも伝次郎も源助も無事に帰って来ましたぜ。間もなく、谷川の路を、此処へ上《のぼ》って来やすよ」

「何ッ」

半九郎は土間の上を、ぴょんぴょんと飛び上り、満面に血をのぼらせ、手を打って叫んだ。

「金が帰って来たぞ。三千両だ!!　三千両だッ!!」

何時の間に出て来たのか、掛川の又蔵も、

「畜生ッ。獲物はその倍もあったんだ。こうなると惜しくてたまらねえ」と、傷の痛みも忘れ、表へ飛出して行った。

谷川の方で、馬の嘶《いなな》きがハッキリと聞えた。

五

板の間に担ぎ込まれた三つの千両箱!!

檜造《ひのきづく》りの箱は、鉄板、鉄鋲《てつびょう》に打ち固められ、その金具を釘抜きや金槌を使って打ち壊す音が、せわしなく荒々しい男達の呼吸と、血走った眼の動きと一緒になり、十兵衛の小屋の中は、異様な、むしろ殺気立った空気に満たされている。

土竜《もぐら》の忠六も斬死《きりじに》して、永井郷右衛門と鉄砲の源助が、赤池の伝次郎の先導で、無事に三つの金箱を運び込んだのであった。

掛川の又蔵と十兵衛老人と、お民が、外へ出て小屋の三方を見張っている。

「あ——開いたッ、開いたぞッ」

悲鳴に近い声をあげた鉄砲源助が、五尺に足りない体で飛びつくように、まず一つの千両箱の蓋《ふた》を取った。

「あ――!!」

何とも彼とも言えない、溜息に似た嘆息が男達の唇から洩れた。

源助が金箱を力一杯に引っくり返すと、中から板の間へこぼれ出したものは――土と小石の固まりであった。

ものも言わずに男達は、残り二つの箱の蓋を開けたが……。

「畜生ッ」

怒声を金箱に叩きつけた郷右衛門は、鬼のように金箱へ摑みかかり、次々に引っくり返す。

泥と石が、炉端の囲《まわ》り一杯に黒々とひろがり、盗賊達を指さして嘲笑《あざわら》っている。

一瞬、虚脱の沈黙が、あたりを蔽《おお》った。

半九郎は、ピクピクと唇を引きつらせて、じいっと白い眼で金箱を睨みつけていたが……。

突然!!

「フフフ――う、う、うははは……」

狂気《きちがい》のように笑い出したかと思うと、急にピタリと唇を閉じ崩れ折れるように板の間へ坐り込んだ。

外から戻って来た三人も息を詰めたまま、半九郎と金箱とを交互に見て、口もきけない。

「お頭。こいつは一体、どうしたことだ」

郷右衛門が青筋を額に立てて、半九郎に詰め寄った。

「どうしたも、こうしたも、ありゃアしねえ」

うつろな半九郎の声だ。

「何だと!! おう、お頭。本物の千両箱を一人じめにして、何処へ隠したんだ?」

「何――そんなことをする暇が何処にある」と、半九郎は青ざめた顔に苦笑を無理につくり、

「坊主だ。あの坊主だ。まんまとしてやられたわ」

「うるせえ!! 黙りゃアがれ。そ、その手にゃア、乗らねえぞ」

源助は、小柄な、でっぷりした体をすくめ右手を懐《ふとこ》ろへ入れた。得意の短銃《たんづつ》を摑んだのだ。

「手前達。俺を疑うつもりか。馬鹿野郎め」

「黙んなさいッ。お前さんが泉の金兵衛達と後へ残ったのは何の為だ」

「何を抜かす、郷右衛門。佐藤孫六も一緒だったぞ」

「フン。死人に口なしとはよく言ったもんだの。おう、半九郎。白ばっくれるのもいいかげんにしろ」

「わからねえのか。あの永徳院の和尚野郎に一杯喰ったのが——あの坊主め。用心のいい坊主だ」

十兵衛と伝次郎は、半九郎の言葉がわかったらしいが、掛川の又蔵も殺気だって脇《わき》差《ざし》に手をかけている。

お民は、もう足がガクガクするばかりで、土間の竈《かまど》の傍に蹲《うずくま》ったままであった。

ぷーん、と焦臭《こげくさ》い匂いが漂ってきた。

源助が、何時の間にか短銃の火縄に点火したのだ。

よく考えれば判ることとなのだが、こうなってみると、郷右衛門、源助、又蔵の三人は、ふだん半九郎の微塵《みじん》も隙のない凄味のやり口を知っているだけに——もう一つは、これが半九郎にとっては最後の仕事らしいと、薄々感づいているだけに、獲物を一人占めにされたらしいという疑惑は疑惑を呼び、怒りと昂奮で体中の血が頭へ上っているから、冷静に前後の様子を思い起す余裕がない。

泥と石の固りを、命をかけ、汗と脂を滓《しぼ》りつくして三日も山道を運んで来たのだ。

馬鹿馬鹿しいとも口惜しいとも、自分達の間抜けさかげんに腹を立てて泣き出したい位なのは三人ばかりではない。半九郎も伝次郎も、この稼業に入ってから初めて味う異様な絶望感であった。

「金箱を何処へやった。言え。言わねえと撃つぞ」

「よくねえ、源助。お頭は、そんなことをする筈がねえ。よく考えてみろ」と、赤池の伝次郎が源助の腕を摑んだのを、源助は振り払った。

「うっかりしていると俺達ア、半九郎に皆殺しに会うところだったぜ」と、郷右衛門。

又蔵は蛇のような眼をして、すでに脇差を抜き放っている。

「どうしても――わからねえと言うのか」

半九郎の低い、押しつぶされたような声だ。

「仲間割れは、いけねえ。やめてくれ」

十兵衛が、たまりかねて声をかけたが、間に合わなかった。

「危いッ」と、お民が絶叫した。

ばあーん!!

小屋中の空気が、どッと揺れ動き、半九郎を中心に、男達の黒い影が飛び違って炉にかけてあった鍋が跳ね飛び、もうもうたる灰神楽《はいかぐら》だ。

「ぎゃーッ」

「野郎ッ」

行燈も蹴倒された暗闇を、炉の中の炎が不気味にゆらめく。

悲鳴と怒声と、激しい気合いが入り交じって——やがて、十兵衛の小屋は、ひっそりと静まり返ってしまった。

だが、響き渡った一発の銃声は、近くの山を探し廻っていた追手の松明を、この小屋に引き寄せる結果となったのである。

——。

六

半九郎達が扇潟を渡って逃亡したその日に、稲毛城下へ入った砂子与一郎、小平太の兄弟は、城下町に貼《は》り出された関根半九郎の人相書を見て勇み立ち、奉行所へ願い出て追手の人数に加わることが出来た。

彼等が、父の仇とつけ狙った半九郎を見出したのは——十兵衛の小屋に追手の別働隊が到着して、踏み荒らされた小屋のうちに、郷右衛門、又蔵、源助、それに赤池の伝次郎の死体を見出した朝のことであった。

源助の発砲は、後から飛びついた伝次郎によって妨《さまた》げられ、弾丸《たま》は半九郎の肩口を掠《かす》めたにすぎない。そして、伝次郎は郷右衛門に斬殺された。

郷右衛門、源助、又蔵の三人が半九郎の刃に仆《たお》れたことは言うまでもあるまい。

それから、半九郎とお民は、旗鉾の十兵衛だけが知る間道を抜け、美濃の国へ逃げのびようとして、兎峠《うさぎとうげ》の下の渓流へ出て来たところを、砂子兄弟も交じる追手の一隊に発見されたのである。

「半九郎ッ。今度こそ、逃《のが》さぬぞ」

与一郎も小平太も、若党の大五郎も、半九郎の首をとらなくては、武家の掟《おきて》によって、これから何年でも仇討の旅にさまよい歩かねばならない。

砂子の家名をたてることも、それまではかなわぬことだ。

六年前に一度、草加の宿で出会って逃げられているだけに、砂子兄弟も必死であった。

稲毛藩や幕領の追手も、仇討の助太刀ということになるので、大いに勢いたち、半九郎達を隙間なく取り巻いて、兄弟を応援する。

「十兵衛。俺が路を開く。いいか、お民を頼むぞ」

半九郎は、山峡の崖道《がけみち》に立って、もう死ぬ覚悟であった。

「半九郎。父の恨みを今日こそ霽《は》らしてくれるぞ」と詰め寄る与一郎へ、半九郎は叩き返すように叫んだ。

「うるせえ。恨みはこっちで言うことだッ」

「何ッ!!」

「手前らの親父はな。これ、よく聞けよ。この関根半九郎の許嫁《いいなずけ》を手籠めにしやがったのだぞ」

「黙れッ、黙れッ」

「お延はな、足軽の娘だ。二十石取りの小身者の俺に似つかわしい、可愛い女だったのだ。手前らの屋敷へ奉公に出たおかげで、あの助平親爺の生贄《いけにえ》になってしまったのだぞ、馬鹿野郎ッ」

「うぬッ」

兄弟は迫って来るが、まだ刀も抜かぬ半九郎の凄まじい殺気に押されて、一寸《ちよつと》動けない。

崖道は、六、七間先の丸太造りの橋へ向っているが、そこにも追手がひしめいていいる。

十兵衛は、だから懸命に崖の下へ降りる場処を探しているが——もう無理だった。

「お延は、身を恥じて自殺した。その仇を俺が討ったのが何故悪い。その俺を牢へぶち込み、首をはねようとしたのも、手前らの親類共だ」

破牢して逃げ、それからたどった転落の道であった。

「あーッ」

お民が、絶え入るような悲鳴をあげた。

崖道の両側から、追手達が、石を投げ始めたのだ。

「早く仕止められい」

「御兄弟の刃が届くまでは、われらも手出しは致しませんぞ」

「もはや袋の中の鼠でござるぞッ。存分におやりなされいッ」

追手の侍共は、一斉《いっせい》に声援を送りつつ、石を投げる。投げる。

「もう、いけねえ」

あきらめ切ったような十兵衛の声であった。

十兵衛は、しっかりとお民を抱きしめ、崖道に屈み込んで、眼を閉じてしまった。

空は青く、まっ青に晴れ渡っていた。

朝の陽が、谷の向うの山肌の上部を明るく染め、山道のすぐ下に泡を嚙む碧潭《へきたん》の渓流は唸《うな》り声をあげている。

「えいッ」

裂帛《れっぱく》の気合をあげて、小平太が躍り込んで来た。

「む……」

僅かに身を反《そ》らして、撥ね上げるように抜討った半九郎の一刀に……。

「う、う……」

小平太は、もんどり打った。

「弟ッ」

「小平太様ッ」と、大五郎。

刀を杖にふらりと、立上りかけた小平太の顔半分に、ドクドクと血が噴き出している。

追手が、どよめきをあげて殺到して来た。

「来やがれッ、こいつら」

半九郎は大刀を振りかぶり、魔神《まじん》のようにお民と十兵衛を背にして、追手の前へ立ちはだかった。

七

笠も揃えば、植え手も揃う。

娘田植の……。


半九郎が歩ゆむ畦道の回りからは、田植歌が流れ、彼方の山脈《やまなみ》の上天にある陽の輝きは、彼の衰《おと》ろえた皮膚にも汗を滲《にじ》ませた。

(そうだ。あれからもう、十、四年……)

破《や》れ笠《がさ》に陽射しを避け、垢じみた僧衣の袖口から手をあげて指を折ってみたが……。

(今まで、俺は、一体、何をするつもりで、生きのびて来たのだ)

あのとき兎峠の崖道で、お民も十兵衛も死んだ。

お民は、弟を殺された砂子与一郎の憎悪の一刀を半九郎の代りに浴び、半九郎は乱刃のうちに丸木橋の上から足をすべらせて、下の渓流へ落ち込んだのである。

半九郎が生きのびたことも皮肉な宿命であった。

（あのとき、死んでしまえばよかったのだ）

激流に呑まれ、流されつつ、今度は必死に泳ぎはじめた自分の浅間しい本能のうごめきに、あれから何度も苦い舌打ちを繰り返してきた半九郎なのである。

生き返ってみると——そこにはお民もなく、十兵衛もなく、仲間の顔も見ることが出来ない、自分ひとりだった。

（俺という奴は、本当の意気地なしじゃなア。どうしてこうも生きていなくてはならないのか……）

飢死《うえじに》を覚悟の旅が、もう十四年だ。

それも、この世に唯一人に生き残った半九郎の胸の中に、一点の灯がともったからである。

僧衣に身を隠し、血の匂いから離れて、当途《あてど》のない旅に踏み出した半九郎の足は、ただもう、捨児した平太郎を探し求めに歩き出していたのだ。

勿論《もちろん》、それは雲を摑むように頼りないものだったし、よし会えたとしても、それがどうなるというのだろう。

（だが、会いたい。一目でも会って見たい）

〔明和元年四月十日生れ。関根平太郎〕と記した木札を入れた守袋を捨て去った子供の肌身につけておいた、それだけを頼りに、半九郎は北から南へ、東から西へ、国々をさすらい求めている。

理由はない。ただ、親子の本能であった。

子供を探し廻る目的が、六十の坂を目の前にした、半九郎に、一種《いっしゅ》、不思議な生甲斐を覚えさせるのである。

松本の城下が、近づいて来た。

田畑の向うの林の彼方に、町の屋根屋根がのぞまれ、松本城の五層の天守が青空に浮んでいる。

そのとき、だるくなった両足を小川につけて、一休みしていた半九郎は、小川を隔てた路へ、ふと眼をやり、

(あ……)

思わず眼を見張った。

砂子与一郎と若党の大五郎だ。

二人とも旅の窶《やつれ》などというものではなく、まるでもう路傍をうろつく乞食侍とでも言ったほうがよいほどであった。

二人とも、尻をはしょった着物一枚に、刀を差しているにすぎない。

髪も丸めて束ねてあるだけだし、陽に灼《や》け、垢じみた黒い顔に、眼ばかり青く光っている。

半九郎は、顔を上げたまま、二人がすぐ目の前へ来るのを迎えた。

二人とも全く半九郎には気づかない様子であった。何か、お互いに棘々《とげとげ》しい言葉を交し合いつつ、小川の向うの、つまり半九郎から三間と離れていないところまで来ると、いきなり大五郎が、白髪の交じった頭を振りたて、

「もう、厭だ!! 私はもう、御免をこうむります」と叫び、其処にしゃがみ込んで、頭を抱えてしまった。

与一郎は、憎々し気に睨んでいたが、

「よし。帰れ。何処にでも行け」

「行くところなぞ、ありはしません。敵の首を持って帰らねば国へ戻ることも出来ませぬ」

「駄々をこねるな、その歳をして――み、見つからぬものは仕方がない。仕方がないではないか」と、与一郎は眼を伏せた。

「あのときに、何故、――何故討ち洩らしてしまいましたのか……」

「父も弟も半九郎に討たれ――母も、もう死んだ。国許の親類も代が替り、俺達には

眼を向けようともせぬ。俺達は忘れられて……」

「旦那様ッ」と、大五郎は、たまりかねたように立上って、与一郎の腕を掴み、

「もう旅をつづけるのは止めて下さいまし。江戸へ出て、たとえ一文商いでもよい、大五郎と一緒に働いて、その日、その日を……」

「馬鹿ッ……俺も、俺も武士だ。半九郎奴《め》を討つまでは……くそッ。奴が俺を……奴の為に俺は一生を棒に振ってしまったのだ。奴の首をとるまでは。くそッ。俺は死んでも死ねんのだ」

与一郎はブルッと体を震わせ、このとき、やっと、川向うに、ぼんやりとこちらを見ている老僧に気づいたらしく、白い眼でチラッと睨み、

「大五郎、行くぞ。従《つ》いて来るのが厭なら、勝手に何処へでも行け」

手にした笠をかぶり、砂子与一郎は、いま半九郎が通って来た道を信濃へ抜けるつもりなのだろう、後を振り向きもせずに行きかけた。

「旦那様――」

大五郎は泣き声を出し、

「私だって行く処はない。行く処などありゃしませぬ」と、これも半九郎を一瞥《いちべつ》したが、すぐに眼をそ向けて、主人の後からよろよろと従いて行く。

（気がつかぬ。そんなに俺の面は変ってしまったのだろうか……）

半九郎は、思わず立上り、跣《はだし》のまま、二人の後を追おうとした。

（討たれてやろう!!）とたんに、そう思ったのだが……。

しかし、半九郎の足は、二、三歩動いただけで、ピタリと止ってしまった。

「討たれてやりたいが……しかし、俺も、平太郎に会うまでは、死にたくないのだ。人間の業《ごう》というものは、よくよく執念深く出来ているものじゃな」

半九郎は、低く低く、呟き、砂子主従の後姿が、畦道に消えるまで、其処に立ちつくしていた。

（与一郎よ。生きていることも、また地獄じゃ——この、この体中の骨という骨、肉という肉が粉々になるほどの淋しさに、この身を嚙まれながら、虫のように生きている俺なのだ。まア、許せ。許してやってくれい）

関根半九郎は、砂子主従の去った方向へ合掌して、ややしばらくは、うなだれたままだった。

その両眼には、ふつふつと涙が溢れ、痩せこけた彼の頰にいくつもの筋を引いた。

やがて——半九郎は、静かに身を返し、経文を呟きつつ、とぼとぼと松本の城下町へ歩み出した。

池波正太郎の短編世界

尾崎秀樹

池波正太郎は時代小説の王道《おうどう》を歩いた作家だった。

戦国から幕末へかけて幅ひろい時代を背景に、武士から忍者、盗賊までを取りあげ、その活躍の姿を描いた作品を次々に書いてきたが、武家の社会をとらえたものにも市井物《しせいもの》の味があり、会話の巧みさとあいまって、独自な作風を創《つく》り出してきた。

そして登場人物の男らしさを追求する一方で、日常の暮らしにふれるなど、庶民的な哀歓《あいかん》を見逃すことなく、描き出した。

時代小説の人気は、不朽のヒーロー像の創造にかかってくる。机《つくえ》竜之助《りゅうのすけ》、鞍馬《くらま》天《てん》狗《ぐ》から、戦後の眠狂四郎《ねむりきょうしろう》、木枯《こがら》し紋次郎《もんじろう》まで、そのテーゼはかわらない。その中にあって池波正太郎ほど、ヒーロー像の創造に成功した作家はいないのだ。

「鬼平犯科帳《おにへいはんかちょう》」の長谷川平蔵、「仕掛人藤枝梅安《しかけにんふじえだばいあん》」の藤枝梅安、「剣客商売《けんかくしょうばい》」の秋山小兵衛父子など、その人物像は、すでに作家池波正太郎の手を離れて、読者のイメージのなかに移り住んでいるともいえる。

池波正太郎は大正十二年一月に、東京の浅草聖天《しょうでん》町で生まれた。生粋《きっすい》の下町ッ子である。父方の祖父は宮大工、母方の祖父は錺《かざり》職人、父は日本橋小網町の綿糸問屋の通い番頭、伯母には吉原仲之町の老妓がいたし、叔母には小鼓の望月長太郎に嫁《とつ》いだ人もいたという。彼が江戸ッ子気質《かたぎ》そのままの人間だったのも当然だろう。

幼いころに父親と別れ、小学校卒業とともに実社会へ出、兜町《かぶとちょう》のメシを食って育っただけに、人間生活の機微にも通じていたが、逆境にめげることなく、うまいものを愛し、芝居を好み、人生をたのしむ楽天性を身につけた。

十六、七歳のころから相場《そうば》に手を出し、若さに不相応な金をもうけ、吉原などで遊ぶこともあったというが、その彼が創造のよろこびを知ったのは、旋盤工として働くようになってからだ。

アランの「精神と情熱に関する八十一章」をそのとき読んで、小説は頭で書くものではなく、体で書くものだといった自覚を得たという。

そのころ『婦人画報』の〈朗読文学〉欄に「休日」「兄の帰還」「駆足」「雪」など

の各篇を投稿し、入選あるいは佳作に選ばれたこともあったが、戦争が熾烈化《しれつか》し、彼自身も海兵団へ入団したため、それ以上何かを書くといったこともなかった。

戦後は十年近く都庁へつとめ、下谷区役所、目黒税務署などに勤めた。その間に長谷川伸《はせがわしん》に師事し、庶民的な実感に磨きをかけ、戯曲や小説の習作に打ちこんだ。

読売新聞の演劇文化賞に「雪晴れ」が入選し、新協劇団で上演されたのを機に、さらに「南風の吹く窓」で再度挑戦し、佳作に選ばれたが、このときの選者に長谷川伸がいたこともあって、師事するようになったという。

「牡丹軒」「手」「蛾」「偕老同穴虫」などの戯曲作を執筆し、「鈍牛」が新国劇で上演されて以来、「檻の中」「渡辺崋山」「名寄岩」「夫婦」「牧野富太郎」「黒雲谷」「決闘高田馬場」「剣豪画家」「賊将」「清水一学」などが次々と同劇団公演で上演され、さらに演劇作品だけでなくラジオ・テレビドラマの脚本も多く手がけた。

昭和二十三年の夏、はじめて二本榎の長谷川伸の自宅を訪ねたおり、次のようにいわれた。

「作家になるという、この仕事はねえ、苦労の激しさが肉体をそこなうし、おまけに精神がか細くなってしまうおそれが大きいんだが……男のやる仕事としては、かなりやり甲斐のある仕事だよ。もし、この道へはいって、このことをうたがうものは、成功を条件としているからなんで、好きな仕事をして成功しないものならば男一代の仕事ではないということだったら、世の中にどんな男の仕事があるだろうか、こういうことなんだね。ま、いっしょに勉強しようよ」

あたたかい言葉だった。その言葉をはげみとも、はげましともして彼は文学修業に打ちこんだ。〈絶えず自分を冷たく突き放して見つめることを忘れるな〉とも、教えられた。

「何が新しいか何が古いかということは単純きわまる論拠なんだねえ。新しいものは古いものからしか生まれてこないのだ。古いものから出た新しいものというのはある。しかし新しいものという究極のものはないんだ。また古いものの究極もないのだよ」

これも肝に銘じた言葉だったという。

その彼が戯曲のほかに小説を手がけるのは、昭和二十九年の「厨房《キッチン》にて」と題した短編からだ。海軍にいたころの自分を主題としたこの短編を読んだ長谷川伸は「小説でもやってゆけるよ、もっとも努力次第だが……」といい、それにはげまされて、小説を次々に執筆した。池波正太郎は「青春忘れもの」のなかで、その当時を回想し、「この師のことばをきいて私は非常に勇気づけられ、たてつづけに何篇もの小説を書いた。無欲に、ただもう夢中で書きつづけていったのである」と述べている。

九年にわたった役所づとめをやめ、筆一本となり背水《はいすい》の陣《じん》をしく思いもあった。長谷川伸を中心とする新鷹会《しんようかい》の機関誌『大衆文芸』に「禿頭記」「太鼓（ドラム）」「波紋」「機長スタントン」「狐饂飩」「キリンと蟇」「恩田木工」「牧野富太郎」「廓」などを次々と発表し、昭和三十二年になると、一般の倶楽部雑誌である『小説倶楽部』（桃園書房）や『面白倶楽部』（光文社）などにも進出した。この時期にラジオ・ドラマやテレビ・ドラマの台本を多く手がけているのも、筆一本になる自立の方向を求めた動きであった。

この時期まだ本格的な長編は見あたらない。敵討物、仁侠物、世話物、現代物と、いろいろな主題に取り組み、時代小説の方向を手さぐりしている。

池波正太郎は短編と長編のちがいにふれて、後にインタヴュー（佐藤隆介）に答えている。

「短編というのは、純文学の短編と、われわれの時代小説の短編とは、おのずと違うわけですよ。純文学の短編は、ほんの胸のうちをフッと通り過ぎた心象の風景だけでも、一編の短編になるわけだ。だけど、ぼくらの読者は、それだけではとても満足ができない読者なわけですから、三十枚なら三十枚、四十枚なら四十枚の中に、例えばぼくらの場合には、一つの材料だけでは喜んでもらえないから、二つないし、三つもの材料を惜し気もなくそこへ投入して書かないと、喜んでもらえるものを書けませんね」

またこうも語っている。

「純文学というものは、小さなことでも深く掘り下げていく、どっちかというと観念の文学だね。時代小説のほうはどっちかというと感性、感じるほうの、ということじゃないですか。……それをやる技術は、短編の場合と長編の場合、やはり違うわけですよ。なぜなら、短編というものは一つの物語り、テーマを四十枚でもって全部一応書き切っちゃやわなきゃならないわけだからね。長編の場合、それを一年なり一年半なり掛けて書くわけでしょう。短編のほうが集中力を必要とするわけだから骨が折れますよ」(『私の歳月』より)

「三根山」を昭和三十二年一月号の『小説俱楽部』に発表して以後、「牧野富太郎」「黒雲峠」「明治天皇と乃木大将」「土俵の人」「抜討ち半九郎」「蒲魚《かまとと》」「竜尾の剣」「さいころ蟲」「賊将」「清水一学」「あばれ狼」などを同誌に執筆した。

「女と奸臣に滅ぶ沼田城」(歴史読本一九六二・七)は戦国武将の中でも豪勇無双の男

として知られた沼田万鬼斎とその一族が、女性の魔力にとらえられたのがもとで、ついには滅んでしまう始末を述べたものだ。

信州・越後・東北を関東と結ぶ要衝の地である沼田を中心に、上州一帯に勢力をもっていた万鬼斎は、休養のため、温泉に出かけたおり、附近の土豪でかねて屈従していた金子新左衛門の妹ゆのみを知り、彼女の肉体のとりことなって側室に迎え、子までもうけることとなった。そのため金子美濃守と改名した兄も登用され、重臣の地位についた上に、やがてその子に家督を継がせ、自分も家老となって家中に勢力を振いたいという野望を抱くようになった。

こうした相続をめぐる家中の争いの中に、上杉、武田、真田といった戦国の群雄たちの動きもふくみこまれ、最後には一族ことごとくが滅亡してしまうのである。よくあるお家騒動のパターンだが、時代の大きな波の中にかくされた秘話として、沼田家の末路を書きとめておきたいと思ったのであろう。

「霧に消えた影」(歴史読本一九六五・五)は、大谷吉継の家臣であった蜂谷与助が、実は徳川方の間者だったということを描いた作品だ。与助は武田家に仕え、その滅亡後、徳川家に入り、吉継が天正十三年に越前・敦賀の城主になったおり、新らしく採用された家来の一人として徳川間諜網の網目の一コマに大谷家へ送りこまれた人物だった。そして十五年も同家で過したが、関ケ原の戦で小早川秀秋が豊臣方に寝返るのを見とどける役目を与えられる。こうした陰の人々の動きは、忍びの者を数多く描いた作者らしい関心のあらわれといえよう。

「妻を売る寵臣」（歴史読本一九六二・四）は、五代将軍、徳川綱吉の寵臣だった牧野成貞が、主君に奉仕するため、愛妻まで献上した挿話にふれ、妻を奪われても泣き寝入りせざるを得なかったその生き方と、牧野夫妻の忍従を語っている。

「清水一学」は題名がしめすとおり、吉良上野介の家臣として本所の吉良邸で討死した清水一学の、波瀾に富んだ動きと、ライバル同士となった旧赤穂藩士の奥田孫太夫、吉良家へ住み込んで、情報をとる孫太夫の妹お佐和の、ひそかに一学をしたう、愛と義理の間に立って苦しむ悩みといった軸で語っている。

清水一学は吉良家の用人のなかでも剣技にすぐれ、討ち入り当夜、最後まで主君を守って奮戦し、斬り死したと伝えられる。年齢はまだ二十代の半ばだったという。

もともと吉良の領国三河吉良の生れで、藤作といい、家は農家だったらしい。早くから剣を好み、毎日のように吉良家の道場に通い、認められ十五歳のときに同家に召し抱えられ、忠節をつくした。

一方奥田孫太夫は志摩鳥羽の内藤和泉守に仕えていたが、和泉守の姉が浅野長友

（長矩の父）に嫁いだおり、その付け人として浅野家に入り、内藤家が改易となってから、そのまま浅野家につかえた。一生のうちに二度も主家が刃傷事件で滅ぶという不幸に見舞われた人物なのである。

剣を直心影流の堀内源左衛門に学び、堀部安兵衛とは同門であった。養子の貞右衛門も討ち入っている。堀部安兵衛や高田郡兵衛とともに、江戸急進派の代表的存在だったが、池波正太郎はこの奥田と一学を、堀内道場の同門とし、討つもの討たれるものの非情な葛藤を、そこに浮きあがらせている。

「番犬《いぬ》の平九郎」は、藤代藩十万石の内紛を背景に、藩の執政として権力をふるってきた永井主膳の番犬として働きながら、逆にむなしく果てる平九郎の、末期《まつご》に目覚める父親としての思いを描いたものだ。吉原へ遊びに出かける途中、反対派の刺客に襲われた主膳の危急を救い、番犬として雇われた平九郎は、邸の下働きだったお延を手ごめにして又太郎をもうけるが、主膳の駕籠を襲った酒巻十太夫とその弟小平太を捜索するうちに、手傷を負って湯治する山の湯で、はからずもかつてのお延と再会、状況が逆転するなか非情の剣に倒れる。

「黒雲峠」は、敵討ちのかくれた一面を峠での対決の裏に描いている。二年前の夏、奥用人の玉井平太夫は、馬廻役の鳥居文之進に討たれる。平太夫を寵愛《ちょうあい》していた藩主は、早速文之進を討つため出立した平太夫の長男伊織の助太刀として、七名の者をつけるが、文之進を助ける江戸八丁堀の剣客天野平九郎に熊谷宿で次々と倒され、あやうく黒雲峠で、返り討ちにあうところを、伊織の叔父玉井惣兵衛の働きで、本懐をとげ、たった一人生き残った惣兵衛は、臆病者なのに武道の誉れとして高く評価される。敵討ちがけっして封建武士の華でも何でもないことを語っている。

「抜討《ぬきう》ち半九郎」は、殺しと強盗、それに逃亡に明け暮れしてきた関根半九郎が、今では垢《あか》と埃《ほこり》にまみれた僧衣姿で、小さな厨子《ずし》を背に巡歴を重ねている。その厨子の中には最後の仕事としてとりかかり、意外な破綻《はたん》をまねいたおりに地獄へ陥ちた人たちの名が書きつらねてあった。その半九郎の十四年前の永徳院への押込み、金六千両強奪、仲間割れによる殺生などの動きに、その半九郎を敵とねらう砂子与一郎、小平太との動きをからませ、生きるも死ぬも地獄、宿業の姿をとらえたものだ。

■本書は、『完本池波正太郎大成24時代小説短編1』『完本池波正太郎大成25時代小説短編2』を底本としました。編成は小社刊『抜討ち半九郎』どおりですが、タイトルは底本にあわせています。

■作品のなかには、今日の観点からみると差別的表現ととられかねない箇所があります。しかし作者の意図は、決して差別を助長するものではないこと、作品自体のもつ文学性ならびに芸術性、また著者がすでに故人であるという事情に鑑み、表現の削除、変更はあえて行わず底本どおりの表記としました。読者各位のご賢察をお願いします。　〈編集部〉

|著者| 池波正太郎　1923年東京生まれ。『錯乱』にて直木賞を受賞。『殺しの四人』『春雪仕掛針』『梅安最合傘』で三度、小説現代読者賞を受賞。「鬼平犯科帳」「剣客商売」「仕掛人・藤枝梅安」を中心とした作家活動により吉川英治文学賞を受賞したほか、『市松小僧の女』で大谷竹次郎賞を受賞。「大衆文学の真髄である新しいヒーローを創出し、現代の男の生き方を時代小説の中に活写、読者の圧倒的支持を得た」として菊池寛賞を受けた。1990年5月、67歳で逝去。

新装版《しんそうばん》　抜《ぬき》討《う》ち半《はん》九《く》郎《ろう》

池波正《いけなみしょう》太《た》郎《ろう》

2007年7月13日第1刷発行
2022年7月13日第7刷発行

発行者──鈴木章一
発行所──株式会社　講談社
東京都文京区音羽2-12-21　〒112-8001
電話　出版（03）5395-3510
　　　販売（03）5395-5817
　　　業務（03）5395-3615

Printed in Japan

講談社文庫
定価はカバーに
表示してあります

KODANSHA

デザイン─菊地信義
本文データ制作─講談社デジタル製作
印刷───株式会社KPSプロダクツ
製本───株式会社KPSプロダクツ

ISBN978-4-06-275777-5

講談社文庫刊行の辞

二十一世紀の到来を目睫に望みながら、われわれはいま、人類史上かつて例を見ない巨大な転換期をむかえようとしている。

世界も、日本も、激動の予兆に対する期待とおののきを内に蔵して、未知の時代に歩み入ろうとしている。このときにあたり、創業の人野間清治の「ナショナル・エデュケイター」への志を現代に甦らせようと意図して、われわれはここに古今の文芸作品はいうまでもなく、ひろく人文・社会・自然の諸科学から東西の名著を網羅する、新しい綜合文庫の発刊を決意した。

激動の転換期はまた断絶の時代である。われわれは戦後二十五年間の出版文化のありかたへの深い反省をこめて、この断絶の時代にあえて人間的な持続を求めようとする。いたずらに浮薄な商業主義のあだ花を追い求めることなく、長期にわたって良書に生命をあたえようとつとめるところにしか、今後の出版文化の真の繁栄はあり得ないと信じるからである。

同時にわれわれはこの綜合文庫の刊行を通じて、人文・社会・自然の諸科学が、結局人間の学にほかならないことを立証しようと願っている。かつて知識とは、「汝自身を知る」ことにつきていた。現代社会の瑣末な情報の氾濫のなかから、力強い知識の源泉を掘り起し、技術文明のただなかに、生きた人間の姿を復活させること。それこそわれわれの切なる希求である。

われわれは権威に盲従せず、俗流に媚びることなく、渾然一体となって日本の「草の根」をかたちづくる若く新しい世代の人々に、心をこめてこの新しい綜合文庫をおくり届けたい。それは知識の泉であるとともに感受性のふるさとであり、もっとも有機的に組織され、社会に開かれた万人のための大学をめざしている。大方の支援と協力を衷心より切望してやまない。

一九七一年七月

野間省一

五木寛之　旅の幻燈
五木寛之　他　力
五木寛之　こころの天気図
五木寛之　新装版　恋　歌
五木寛之　百寺巡礼　第一巻　奈良
五木寛之　百寺巡礼　第二巻　北陸
五木寛之　百寺巡礼　第三巻　京都Ⅰ
五木寛之　百寺巡礼　第四巻　滋賀・東海
五木寛之　百寺巡礼　第五巻　関東・信州
五木寛之　百寺巡礼　第六巻　関西
五木寛之　百寺巡礼　第七巻　東北
五木寛之　百寺巡礼　第八巻　山陰・山陽
五木寛之　百寺巡礼　第九巻　京都Ⅱ
五木寛之　百寺巡礼　第十巻　四国・九州
五木寛之　海外版　百寺巡礼　インド1
五木寛之　海外版　百寺巡礼　インド2
五木寛之　海外版　百寺巡礼　朝鮮半島
五木寛之　海外版　百寺巡礼　中　国
五木寛之　海外版　百寺巡礼　ブータン
五木寛之　海外版　百寺巡礼　日本・アメリカ
五木寛之　青春の門　第七部　挑戦篇
五木寛之　青春の門　第八部　風雲篇
五木寛之　青春の門　第九部　漂流篇
五木寛之　親鸞　青春篇　(上)(下)
五木寛之　親鸞　激動篇　(上)(下)
五木寛之　親鸞　完結篇　(上)(下)
五木寛之　五木寛之の金沢さんぽ
五木寛之　海を見ていたジョニー　新装版
井上ひさし　モッキンポット師の後始末
井上ひさし　ナ　イ　ン
井上ひさし　四千万歩の男　全五冊
井上ひさし　四千万歩の男　忠敬の生き方
井上ひさし・司馬遼太郎　新装版　国家・宗教・日本人
池波正太郎　私　の　歳　月
池波正太郎　よい匂いのする一夜
池波正太郎　梅安料理ごよみ
池波正太郎　わが家の夕めし
池波正太郎　新装版　緑のオリンピア
池波正太郎　新装版　殺しの四人　〈仕掛人　藤枝梅安㈠〉
池波正太郎　新装版　梅安蟻地獄　〈仕掛人　藤枝梅安㈡〉
池波正太郎　新装版　梅安最合傘　〈仕掛人　藤枝梅安㈢〉
池波正太郎　新装版　梅安針供養　〈仕掛人　藤枝梅安㈣〉
池波正太郎　新装版　梅安乱れ雲　〈仕掛人　藤枝梅安㈤〉
池波正太郎　新装版　梅安影法師　〈仕掛人　藤枝梅安㈥〉
池波正太郎　新装版　梅安冬時雨　〈仕掛人　藤枝梅安㈦〉
池波正太郎　新装版　忍びの女　(上)(下)
池波正太郎　新装版　殺　し　の　掟
池波正太郎　新装版　抜討ち半九郎
池波正太郎　新装版　娼　婦　の　眼
池波正太郎　近藤勇白書　〈レジェンド歴史時代小説〉　(上)(下)
井上　靖　楊　貴　妃　伝
石牟礼道子　新装版　苦《く》海《がい》浄《じょう》土《ど》　〈わが水俣病〉
いわさきちひろ　ちひろのことば
いわさきちひろ・松本　猛　いわさきちひろの絵と心
いわさきちひろ・絵本美術館編　ちひろ・子どもの情景　〈文庫ギャラリー〉
いわさきちひろ・絵本美術館編　ちひろ・紫のメッセージ　〈文庫ギャラリー〉
いわさきちひろ・絵本美術館編　ちひろの花ことば　〈文庫ギャラリー〉

いわさきちひろ 絵本美術館編　ちひろのアンデルセン〈文庫ギャラリー〉
いわさきちひろ 絵本美術館編　ちひろ・平和への願い〈文庫ギャラリー〉
石野径一郎　新装版 ひめゆりの塔
今西錦司　生物の世界
井沢元彦　義経幻殺録
井沢元彦　光と影の武蔵〈切支丹秘録〉
井沢元彦　新装版 猿丸幻視行
伊集院 静　乳房
伊集院 静　遠い昨日
伊集院 静　夢は枯野を〈競輪躁鬱旅行〉
伊集院 静　野球で学んだこと ヒデキ君に教わったこと
伊集院 静　峠の声
伊集院 静　白秋
伊集院 静　潮流
伊集院 静　冬の蜻蛉《とんぼ》
伊集院 静　オルゴール
伊集院 静　昨日スケッチ
伊集院 静　あづま橋
伊集院 静　ぼくのボールが君に届けば
伊集院 静　駅までの道をおしえて
伊集院 静　受け月
伊集院 静　坂の上のμ〈野球小説アンソロジー〉
伊集院 静　ねむりねこ
伊集院 静　新装版 三年坂
伊集院 静　お父やんとオジさん(上)(下)
伊集院 静　ノボさん〈小説 正岡子規と夏目漱石〉(上)(下)
伊集院 静　機関車先生〈新装版〉
いとうせいこう　我々の恋愛
いとうせいこう　「国境なき医師団」を見に行く
井上夢人　ダレカガナカニイル…
井上夢人　プラスティック
井上夢人　オルファクトグラム(上)(下)
井上夢人　もつれっぱなし
井上夢人　あわせ鏡に飛び込んで
井上夢人　魔法使いの弟子たち(上)(下)
井上夢人　ラバー・ソウル
池井戸 潤　果つる底なき
池井戸 潤　架空通貨
池井戸 潤　銀行狐
池井戸 潤　仇敵
池井戸 潤　BT'63(上)(下)
池井戸 潤　空飛ぶタイヤ(上)(下)
池井戸 潤　鉄の骨
池井戸 潤　新装版 銀行総務特命
池井戸 潤　新装版 不祥事
池井戸 潤　ルーズヴェルト・ゲーム
池井戸 潤　半沢直樹1〈オレたちバブル入行組〉
池井戸 潤　半沢直樹2〈オレたち花のバブル組〉
池井戸 潤　半沢直樹3〈ロスジェネの逆襲〉
池井戸 潤　半沢直樹4〈銀翼のイカロス〉
池井戸 潤　花咲舞が黙ってない〈新装増補版〉
石田衣良　LAST[ラスト]
石田衣良　東京DOLL
石田衣良　てのひらの迷路
石田衣良　40《フォーティ》 翼ふたたび
石田衣良　s e x
石田衣良　逆《さか》島《しま》断《たつ》雄《お》〈進駐官養成高校の決闘編1〉

2022年6月15日現在